JN011835

東京創元社

# 目次

コリンへ

# ピラネージ

わしは大学者で、魔術師で、新しい実験をしている錬金術師なのだ。実験にはもちろん材料がいるぞ。

『魔術師のおい』C・S・ルイス（瀬田貞二訳　岩波書店）

人には哲学者だの科学者だの人類学者だのと呼ばれるが、そんなものではない。わしは追憶学者だ。忘れ去られたものを研究する。完全に消え失せたものを探り当てる。欠如や科学、ものごとの奇妙な隙間を扱う。実のところ、なによりも魔術師であると言える。

ローレンス・アーン＝セイルズのインタビューより／『秘密の花園』一九七六年五月

# 第一部　ピラネージ

## 第三北広間に月が昇ったとき、僕は第九玄関に行った

アホウドリが南西広間群を訪れた年、第五の月初日の記載

第三北広間に月が昇ったとき、僕は第九玄関に行った。三つの潮が合流するのを見るためだ。これは八年に一度しか起こらない。

第九玄関は巨大な階段が三つあるという点で注目に値する。壁際には厖大な数の大理石の像が何層にも重なって並び、はるかな高みへと上っていく。

僕は西側の壁沿いに上がっていき、敷石から十五メートル上の蜜蜂の巣箱を運ぶ女の像にたどりついた。女は僕の身長の二、三倍で、巣箱には親指サイズの大理石の蜜蜂がびっしりとたかっている。蜜蜂の一匹は――これを見るといつも少しばかり胸がむかむかする――女の左目の上を這っていた。僕は女の像のある壁龕に自分の体を押し込んで待った。やがて潮が下層広間群にごうごうと流れ込むのが聞こえ、迫りくる現象の勢いで壁がふるえるのが感じられた。

まずやってきたのははるか東の広間群からの潮だ。この潮はいちばん東の階段をおとなしく上っていった。とりたてて言うほどの色はなく、水の深さはせいぜいくるぶし程度だ。鈍色の鏡となって敷石へ広がり、表面には筋状にのびた乳白色の泡がマーブル模様を描いていた。

次に訪れたのは西広間群からの潮だった。この潮はうなりをあげていちばん西の階段を上り、

すさまじい音とともに東側の壁にぶつかって像という像を振動させた。泡は古びた魚の骨の白さ、渦巻く深みは白目色だ。数秒のうちに水は一列目の像の腰まで到達した。

最後に北広間群からの潮がきた。真ん中の階段を猛然と駆け上がり、氷のように白くきらめく泡が爆発的な勢いで玄関いっぱいに広がる。僕はずぶぬれになって目がくらんだ。ふたたび視界が晴れたときには、水が滝のように像を流れ落ちていた。第二と第三の潮の水量の計算を間違った、と気づいたのはそのときだ。そびえたつ水の頂点が僕のうずくまっているところまでかぶさってきた。水が巨大な手をのばし、僕を壁からつまみあげようとした。蜜蜂の巣箱を運ぶ女の脚に両腕ですがりつき、守ってくれと館に祈る。水が体を覆い、つかのま奇妙な静けさに包まれた。海に沈められて、海そのものの音がかき消されるときの静寂だ。死ぬ、と僕は思った。死なないとしても、見慣れた潮の流れや打ち寄せる音からずっと離れた未確認広間群へ押し流されてしまう。僕は懸命にしがみついた。

それから、始まったときと同様、唐突にその状態は終わった。合流した潮は周囲の広間に流れ込んでいった。潮が壁にぶちあたり、すさまじい音がとどろくのが聞こえた。第九玄関の水はみるみる引き、とうとう一列目の像の台座を浸すかどうかという深さになった。

僕はなにか握っていることに気がついた。手をひらくと大理石の指があった。潮がどこかはるかかなたの像から運んできてそこに置いたのだ。

館の美しさは計り知れず、そのやさしさはかぎりない。

## 世界の説明

### アホウドリが南西広間群を訪れた年、第五の月七日目の記載

　僕は生きているあいだになるべく世界を探検したいと決意している。この目的のため、西は第九百六十広間まで、北は第八百九十広間まで、南は第七百六十八広間まで旅をした。雲がゆっくりと列をなして動き、霧の中からとつぜん像が現れる上層広間群へ上った。暗い水に白い睡蓮(すいれん)が敷きつめられた水没広間群も探索した。東の荒廃した広間群では、天井も床も――ときには壁さえも！――崩れ、薄闇を鈍色の光線が裂いているのを目にした。

　そうした場所のすべてで、僕は出入口に立って前方をながめた。そこで世界が終末を迎えようとしているというきざしを見たことはない。はるか遠くへ整然と続いていく広間と通路だけだ。どの広間にも玄関にも階段にも、必ず像が存在する。たいていの広間では、置けそうならどこにでも像が並んでいる。とはいえ、なにもない台座や後陣もちらほら見受けられるし、像がちりばめられている壁に隙間が空いている部分さえある。そうした空隙(くうげき)は像そのものにおとらず謎めいている。

　僕が観察したところ、ある広間の像が総じて同程度の大きさである一方、広間同士ではかなりの差異がある。像の高さが人間の背丈の二倍から三倍という場所もあれば、おおむね実物大とい

うところもあり、さらには僕の肩までしかない場合もある。水没広間群にある像は巨大だが——十五から二十メートルもある——それは例外だ。

僕は目録を作りはじめた。これに位置、大きさ、題材、その他重要な点を記録するつもりだ。いままでのところ第一と第二南西広間を完了し、第三に取り組んでいる。ときおりこの仕事の厖大さに少しばかりくらくらすることもあるが、科学者であり探検家である身として、世界の壮麗（そうれい）さを証言すべき義務があるのだ。

館の窓は大中庭群を見おろしている。石で舗装されたがらんとして殺風景な場所だ。中庭はたいてい四角形だが、ときたま六角形や八角形だったり、あるいは——やや風変わりで陰鬱（いんうつ）に見えるが——角が三つしかなかったりすることもある。

館の外には天体しかない。太陽、月、そして星。

館には三つの階層がある。下層広間群は潮の領域で、その窓は——中庭越しに見えるときには——波立つ水の灰緑色と、飛び散る泡の白だ。下層広間群は魚や甲殻類（こうかくるい）、海の植物という形で食物を提供してくれる。

上層広間群は、すでに述べたように雲の領域で、その窓は灰白色に曇っている。ときに稲妻（いなずま）の閃光（せんこう）が窓を一列そっくり照らし出すのが見られる。上層広間群は、雨として玄関に降り、小川となって壁や階段を流れる真水を贈ってくれる。

このふたつの（大部分は住めない）階層のあいだに中間広間群があり、これは鳥と人の領域だ。館のみごとな秩序こそがわれわれに命を与えているのだ。

今朝僕は第十八南東広間の窓から外を見た。中庭の向かい側でもうひとりが窓から外を見ていた。その窓は縦長で暗かった。秀でた額ときっちり整えた顎ひげを持つ立派な頭部が窓の隅に切り取られている。よくあるように、もうひとりは物思いに沈んでいた。僕は手をふった。向こうは見なかった。もっと大げさにふってみた。思いきり跳びあがった。しかし館の窓は数多く、彼は僕を見なかった。

## かつて生きていたことのある人々全員と、その人々について知られていることの一覧

アホウドリが南西広間群を訪れた年、第五の月十日目の記載

世界が始まって以来、十五名の人々が存在したことは確実だ。もっと数が多かった可能性もあるが、僕が科学者である以上、証拠に照らしてことを進めなければならない。存在を証明できる十五名のうち、現在自分ともうひとりだけが生きている。

これからその十五名の人々の名称を挙げ、関連のある部分ではその位置を記す。

### 一人目　自分

僕の年齢は三十から三十五のあいだだろう。身長は一・八三メートルで細身だ。

## 二人目　もうひとり

**もうひとり**の年齢は五十から六十と推定している。身長は一・八八メートル、僕と同様に細身だ。年のわりに健康で力がある。皮膚は薄いオリーヴ色。短い髪と口ひげは焦げ茶色。顎ひげは白髪交じりで白に近く、先の尖った形にきちんと整えられている。とりわけすばらしいのは頭蓋骨で、貴族的な高い頬骨と秀でた立派な額を持つ。全体として、知的生活に専念している、友好的ではあるものの少々厳格な人物という印象を受ける。

彼は僕と同じく科学者であり、僕をのぞき唯一の生きた人間だ。したがって、その友情を重んじるのは当然だろう。

**もうひとり**は、**大いなる秘密の知識**が**世界**のどこかに隠れており、発見すればきわめて大きな力が得られると信じている。この**知識**がどのようなものから成るのか確信はないようだが、次のような事柄を含むのではないか、とさまざまな機会に示唆してきた。

一、死を打ち負かし、不死となること
二、テレパシーという行為によってほかの人々の思考を知ること
三、自分自身を鷲に変え、空を飛ぶこと
四、自分自身を魚に変え、潮の中を泳ぐこと
五、思考するだけで物体を動かすこと

六、**太陽**と**星々**の光を消したり、ふたたびつけたりすること
七、より劣る知性を支配し、われわれの意思に従わせること

**もうひとり**と僕は熱心にこの**知識**を探し求めている。われわれは週に二回（火曜と金曜）会い、その仕事について話し合う。**もうひとり**は自分の時間を綿密に管理しており、この面談を一時間以上続けることは決してない。

それ以外のときに会う必要があれば、僕が行くまで「ピラネージ！」と呼ばわる。

ピラネージ。彼は僕をそう呼ぶ。

おかしなことだ。なぜなら、記憶にあるかぎり、それは僕の名ではないからだ。

### 三人目　ビスケット缶の男

**ビスケット缶の男**は**第三北西広間**の空いた**壁龕**に存在する骸骨だ。この骨は特別な方法で並べられており、似たような大きさの長い骨を集め、海藻で作った紐で束ねてある。右側には頭蓋骨、左側には小さい骨すべて――手の指の骨、足の指の骨、椎骨など――を納めたビスケット缶が置かれている。ビスケット缶は赤い。ビスケットの写真と〝ハントリー＆パーマーと家族の輪〟という説明文がついている。

最初に**ビスケット缶の男**を見つけたときには、海藻の紐が乾いてばらばらになり、かなり散らばった状態だった。僕は魚の革で新しい紐を作り、骨の束を縛り直した。いまでは整然とした状

態に戻っている。

## 四人目　隠された人物

三年前のある日、第十三玄関の階段を上った。上層広間群の区域から雲が離れ、すっきりと晴れて陽射しがふりそそいでいるのを発見し、もっと先を探検しようと決意したのだ。その広間のひとつ（第十八北東広間の真上にあたる）で、台座と壁にはさまれたせまい隙間に、倒れかかった骸骨がはさまれているのを見つけた。現在の骨の配置からして、最初は顎まで膝を立てて座った姿勢だったのだと思う。性別はわからなかった。骨を調べるためにとりだせば、絶対にもとに戻せないだろう。

## 五人目から十四人目　アルコーヴの人々

アルコーヴの人々は全員が骸骨だ。彼らの骨は第十四南西広間のいちばん北のアルコーヴにある空いた台座に並べてある。

ひとまず三名の骸骨を女性、三名を男性と特定したが、四名は性別を決めるだけの確信が持てずにいる。ひとりを魚革（ぎょかく）の男と名付けた。魚革の男の骸骨は完全ではなく、骨の多くが潮にさらされてすりへっている。骨でできた小石同然になってしまったものもある。何本かの骨には先端に小さな穴があり、魚革の破片がついている。このことからいくつかの結論を引き出した。

一、**魚革の男**の骸骨はほかの骸骨より古い

二、**魚革の男**の骸骨はかつて違う形で並べられており、魚革の紐で骨同士がつながれていたが、時がたつにつれて革が腐った

三、**魚革の男**のあとでやってきた人々（おそらく**アルコーヴの人々**）は、辛抱強く彼の骨を集めて仲間の遺骸（いがい）と並べるほど、人の命に敬意を払っていた

疑問――自分が死にそうだと感じたら、**アルコーヴの人々**のところへ行って、ともに横たわるべきだろうか？　僕の見積もりでは、あと四名大人が入る余地がある。僕はまだ若く、**死**の訪れる日は（願わくは）しばらく先だが、この問題を少し考えてみた。

別の骸骨が**アルコーヴの人々**の隣に横たわっている（もっとも、これは生きていた人間の数には入っていない）。体長およそ五十センチで、体と同じ長さの尾を持つ生き物の死骸だ。この骨を像で表現されている**生き物**と比較してみると、おそらくサルのものだろう。館で生きたサルを目にしたことは一度もない。

**十五人目　体を折りまげた子ども**

体を折りまげた子どもは骸骨だ。女性で、七歳ぐらいだと思う。**第六南東広間**にある**空いた台座**の上でその姿勢になっている。膝を顎まで引き寄せ、両腕で膝をかかえて頭をたれた恰好だ。首には珊瑚（さんご）のビーズと魚の骨のネックレスがかかっている。

この子どもと自分との関係についてはじっくりと考えた。世界で生きている人間は（すでに説明したように）自分ともうひとりだけで、どちらも男性だ。僕らが死んだら世界はどうやって住人を得るのだろう？　世界（あるいは館でもいい、このふたつは実際上同一なのだから）は、みずからの美しさの証人として、また慈悲の対象として、住人を望んでいる、というのが僕の意見だ。館は体を折りまげた子どもが僕の妻となることを意図していたが、なにかが起こって妨げられたのだ、と僕は仮定した。こう考えてからというもの、自分の持っているものを彼女と分かち合うのはしごく当然だという気がしている。

僕は死者全員のもとへ赴く（おもむ）が、とりわけ体を折りまげた子どもを訪れる。食べ物と水、水没広間群の睡蓮を持っていく。話しかけてなにをしていたか語り聞かせ、館で見た驚異を説明する。そうすれば、孤独ではないことがわかるだろう。

この行動をとるのは僕だけだ。もうひとりはこういうことをしない。僕の知るかぎり、彼は宗教的な慣習を持たない。

十六人目

そしてきみだ。きみは誰だろう？　僕は誰に対して書いている？　きみは潮をだしぬいて壊れた床と荒廃した階段を越え、この広間群にたどりついた旅人だろうか。あるいは、僕が死んだずっとあとで、僕の広間群に住みついた相手だろうか？

## 僕の日記

### アホウドリが南西広間群を訪れた年、第五の月十七日目の記載

僕は観察した事柄をノートに書き留めている。そうするのはふたつの理由からだ。第一に、書くことは正確さと注意深さという習慣を植えつける。第二に、どんなにささやかだろうと、僕の持つ知識を十六人目のきみにとっておくためだ。ノートは茶色い革のメッセンジャーバッグに入れている。そのバッグをふだん保管しているのは、第二北広間の北東の隅にある、薔薇(ばら)の茂みに囚われた天使の像の裏の空洞だ。そこは僕の腕時計を置いている場所でもある。火曜と金曜の十時にはもうひとりに会いに行くので、腕時計が必要だからだ。(それ以外の日には腕時計を持ち歩かないようにしている。海水が入って機械を傷つけるのではないかと不安なのだ)

ノートのうち一冊は、僕の作った潮の表だ。中に満潮と干潮の時刻と水量を記入し、訪れる潮の計算をしている。別のノートは像の目録だ。ほかのノートには日記をつけて自分の考えや記憶を書き、日々の記録としている。これまでのところ日記でノート九冊がいっぱいになり、これは十冊目だ。どれも番号がふってあり、言及している日付のラベルがついている。

NO.1には、〝二〇一一年十二月から二〇一二年六月〟というラベル。

NO.2には、〝二〇一二年六月から二〇一二年十一月〟というラベル。

ＮＯ．３はもともと〝二〇一二年十一月〟というラベルだったが、ある時点で線を引いて消し、〝涙と悲嘆の年、第十二の月三十日目から珊瑚の広間群を発見した年、第七の月四日目〟と書き直されている。

ＮＯ．２とＮＯ．３はどちらもページが乱暴に破り取られた隙間がある。僕はこの理由について頭をひねり、誰がやったのか想像しようとしたが、まだ結論は出ていない。

ＮＯ．４には〝珊瑚の広間群を発見した年、第七の月十日目から星座を名付けた年、第四の月九日目〟というラベルがついている。

ＮＯ．５には〝星座を名付けた年、第四の月十五日目から死者を数えて名付けた年、第九の月三十日目〟、というラベル。

ＮＯ．６には〝死者を数えて名付けた年、第十の月初日から第二十および第二十一北東広間の天井が崩落した年、第二の月十四日目〟というラベル。

ＮＯ．７には〝第二十および第二十一北東広間の天井が崩落した年、第二の月十七日目から同年、末日〟というラベル。

ＮＯ．８には〝第九百六十広間まで旅した年の初日から同年の第十の月十五日目〟というラベル。

ＮＯ．９には〝第九百六十広間まで旅した年、第十の月十六日目からアホウドリが南西広間群を訪れた年、第五の月四日目〟というラベル。

この日記（ＮＯ．10）は、アホウドリが南西広間群を訪れた年、第五の月五日目から始まっている。

日記をつける難点のひとつは、重要な記載をもう一度見つけにくいということだ。そこで僕はノート一冊を索引として使うことにした。そのノートではアルファベットの各文字に一定数のページを割り当てている（AやCのようによく使う字にはページを多めに、QやZなど使用頻度が少ない字には少なめに）。それぞれの文字のところで、内容と日記に記載されている箇所に応じて記載をリスト化してある。

いま書いたところを読み返して気がついた。僕は年を数えるのに二種類の方式を使っている。どうしていままで気づかなかったのだろう？

悪い習慣だと認めざるを得ない。番号をふるには一方式だけでいい。二種類使うことは混乱と不確実性、疑念、乱雑さを招く。（そして美的観点からも好ましくない）

僕は第一の方式によって二年間を二〇一一年と二〇一二年と名付けた。これはきわめてありきたりだという気がする。それに、二千年前になにが起きて、その年を始点として有効だと考えたのか思い出せない。第二の方式では「星座を名付けた年」や「死者を数えて名付けた年」のような名前をつけている。そのほうがずっと好ましい。それぞれの年に独自の特徴が与えられている。こちらを今後使う方式にしよう。

# 像

アホウドリが南西広間群を訪れた年、第五の月十八日目の記載

僕にはほかのものより好んでいる像がいくつかある。蜜蜂の巣箱を運ぶ女はそのひとつだ。もうひとつ――たぶんどれよりも好きな像――は、第五と第四北西広間をつなぐ扉のところに立っている。ふさふさした巻き毛頭を持つ下半身が山羊の生き物、ファウヌスの像だ。彼はかすかにほほえんで、人差し指を唇にあてている。僕はいつも、ファウヌスがなにか伝えようとしているか、ひょっとしたらなにか警告しようとしているのではないかと感じていた。〝静かに！〟と言っているようだ。〝気をつけろ！〟と。だが、どんな危険がありうるというのか、僕にはわかったためしがない。以前、彼の夢を見たことがある。ファウヌスは雪の森に立ち、女の子に話しかけていた。

第五北広間に立つゴリラの像には常に目を引かれる。下肢をまげてうずくまり、身を乗り出して力強い腕とこぶしで体を支えている形で表現されている。僕は顔に興味をそそられる。突き出た額が目に影を投げかけており、人間だったら渋面というところだろうが、ゴリラの場合正反対らしく見える。この像が表しているものは多く、その中には安らぎ、平穏、力、忍耐などがある。好ましい像はほかにもたくさんある――シンバルを打つ少年、城を運ぶ象、チェスをするふた

りの王。最後に言及するものは、必ずしも気に入っているわけではない。どちらかといえば、見るたびにきまって注意を引きつけられる像、正確には一対の像だ。この二体の像は第一西広間の東の扉の両側に立っている。高さおよそ六メートルで、めずらしい特徴がふたつある。まず、第一西広間にあるほかの像よりずっと大きいこと。次に、不完全であること。胴が腰の位置で壁から突き出ているのだ。両腕は後ろにのびて力いっぱい押している。その努力に筋肉が盛りあがり、顔がゆがんでいる。じっと見ていて心地のいいものではない。生み出される苦痛を感じ、力をふりしぼっているように見える。その苦闘は無駄なものかもしれないが、彼らはあきらめない。頭に途方もない角が生えているので、僕は角ある巨人たちと名付けた。この二体は悲惨な運命に対する努力と苦闘を象徴している。

ある像をほかの像より好むことは館に対して非礼にあたるだろうか？　ときどき自分にこう問いかける。館自身は、みずからが創り出したものすべてをひとしく慈しみ祝福しているはずだ。僕も同様にすべきだろうか？　とはいえ一方では、あるものを別のものより好み、あることが別のことより意味深いととらえるのが人間の性質だ、ということも理解できる。

## 木々は存在するのか？

アホウドリが南西広間群を訪れた年、第五の月十九日目の記載

多くの事柄は解明されていない。以前――六、七か月ほど前――第四西広間の下のおだやかな潮に、明るい黄色の小片が浮かんでいるのを見た。いったいなんなのかわからず、水の中へ歩いていって拾いあげた。それはとても美しい葉で、両側が弧を描き、尖った両端へと続いていた。もちろん、見たことのない種類の海の植物の一部だという可能性はあるが、はたしてどうだろうか。質感が違ったように思われる。あの表面は、空気の中で生きることを意図されているように水をはじいていた。

# 第二部　もうひとり

## 打ち壊す・海（バタシー）

アホウドリが南西広間群を訪れた年、第五の月二十九日目の記載

今朝十時、僕は**もうひとり**に会うため第二南西広間へ行った。広間に入ると相手はすでにそこにいて、空いた台座によりかかり、いつものぴかぴかした装置のひとつを叩いていた。仕立てのいいダークグレーのウールのスーツと、肌のオリーヴ色をいい感じに引き立てる真っ白なシャツを着ている。

彼は装置から目をあげずに言った。「データが必要だ」

**もうひとり**はしばしばこんなふうだ。自分のしていることに集中しすぎて「こんにちは」、「さようなら」と声をかけたり、元気かとたずねたりするのを忘れる。僕は気にしない。科学的研究に対する彼のひたむきな姿勢には敬服している。

「なんのデータです？」僕はたずねた。「僕に手伝えますか？」

「むろん」という返事だった。「実際、君が手伝わなければうまくいかないだろう。今日の私の研究テーマは――」この時点で手もとの作業から顔をあげ、笑いかけてきた。「君だ」笑うことを思い出しさえすれば、このうえなく魅力的な笑顔だ。

「本当に？」僕は応じた。「なにを調べようとしているのですか？　僕についてなにか仮説があ

ります か?」

「ある」

「それはどんな?」

「君に教えるわけにはいかない。データに影響があるかもしれないのでな」

「ああ! そうですね。その通りです。すみません」

「かまわない」ともうひとり。「興味を持つのは当然だ」ぴかぴかした装置を空いた台座に置き、向き直る。「座りたまえ」

僕は敷石にあぐらをかいて座り、質問を待った。

「快適かね?」声がかかった。「よろしい。さて、教えてくれ。君はなにを憶えている?」

「なにを憶えているか?」僕はとまどってたずねた。

「ああ」

「質問としては条件が特定されていませんね」と僕。

「だとしても」ともうひとり。「答えてみたまえ」

「さて」僕は言った。「答えは全部だと思いますよ。全部憶えています」

「本当かね?」ともうひとり。「それは少々うぬぼれた主張だな。たしかかね?」

「そう思いますが」

「君が憶えている事柄の例をいくつか挙げてみたまえ」

「そうですね」と僕。「あなたがここから歩いて何日もかかる広間を指定したとしましょう。僕が前に行ったことのあるところなら、行き方をすぐに教えてあげられますよ。通る必要のある広間はすべて名前を挙げられます。壁際に見える目立つ像もくわしく説明できますし、かなり正確に位置を教えることができます――どの壁の前に立っているか、北か南か東か西か――壁からどれだけ離れて並んでいるか。それに、残らず数えあげることも……」

「バタ・シーについてはどうだね？」**もうひとり**は問いかけた。

「ええと……なんですって？」

「バタ・シーだ。バタ・シーを憶えているかね？」

「いえ……僕は……打(バ)ち壊(タ)す・海(シー)？」

「ああ」

「よくわかりませんが……」

僕は**もうひとり**が説明するのを待ったが、彼はなにも言わなかった。こちらをじっと観察しているのがわかり、どんな研究を進めているにしろ、これはきわめて重要な質問らしいと確信があったが、どう答えるべきなのかということについては見当もつかなかった。

「打(バ)ち壊(タ)す・海(シー)というのは言葉ではありません」ようやく僕は言った。「指示する対象がない。世界にその音の組み合わせに対応するものは存在しない」

**もうひとり**はなおも無言だった。食い入るように僕を見つめ続けている。僕は不安になって視線を返した。

そのときだ。「ああ！」ふいに答えがひらめき、僕は声をあげた。「あなたがなにをしているかわかりましたよ！」声をたてて笑いはじめる。

「私はなにをしているのかな？」もうひとりはにっこりしてたずねた。

「僕が本当のことを言っているかどうか知る必要があるのですね。僕はたったいま、前に行った広間ならどこでもくわしく説明できると言った。しかし、その主張が真実なのかあなたには判断しようがない。たとえば第九十六北広間への道筋を説明したところで、その案内が正確なのかわからない。だから無意味な言葉を入れた質問をしたのでしょう――バタ・シーと。どこかの場所のような単語を選んだのはうまいやり方ですね。海に打ち壊された場所。もし僕がバタ・シーを憶えていると言って、そこへの道を説明したら、あなたには嘘だとわかる。僕が自慢していただけだとわかるわけです。対照質問として訊いていたのですね」

「まさにその通りだ」もうひとりは答えた。「まさしくそういうことだよ」

　ふたりとも声をたてて笑った。

「もっと質問がありますか？」僕はたずねた。

「いや。これで終わりだ」相手はぴかぴかした装置にデータを入力するため向きを変えようとしたが、僕のなにかに目を引かれたらしく、当惑したような視線をよこした。

「なんです？」僕は訊いた。

「君の眼鏡だ。それはどうしたのかね？」

「僕の眼鏡？」

「ああ」と言う。「いささか……奇妙に見えるが」

「どういう意味です?」

「つるになにか細長いものがぐるぐる巻きつけてある」彼は言った。「端が両脇にたれさがっているぞ」

「ああ!　わかりました」と僕。「そうです!　眼鏡のつるがしょっちゅうとれてしまうので。最初は左でした。次に右。塩分を含む**空気**がプラスチックを腐蝕させるのですよ。直すのに別々の方法を試してみているところです。左のつるは魚革(ぎょかく)の紐と魚の膠(にかわ)を使いました。右のつるは海藻(かいそう)です。そちらのほうがうまくいっていません」

「ああ」と**もうひとり**。「そうだろうな」

　階下の**広間群**の中で、寄せてきた**潮**が**壁**を叩いた。ドーン。波が引いていき、**扉**を通って押し寄せ、**隣の部屋**の壁を打つ。ドーン。ドーン。ドーン。ふたたび引く。また打ち寄せる。ドーン。**第二南西広間**が楽器の弦をつまびくように鳴った。

　**もうひとり**は不安げな顔になった。「あれはずいぶん近い音だな」と言う。「ここから出るべきでは?」**潮**を理解していないのだ。

「必要ないですよ」僕は言った。

「そうか」だが、**もうひとり**は安心した様子ではなかった。目をみひらき、呼吸が浅くせわしくなっている。いまにも**水**が流れ込んでくるのではないかと思っているかのように、ひっきりなしに**扉**から**扉**へと視線を移していた。

「私は波にのまれたくない」

以前もうひとりは第八北広間にいたことがある。北広間群からの激しい潮が第十玄関に満ち、数分後には東広間群からの潮が同様に勢いよく第十二玄関にあふれた。厖大な量の水が、周囲の広間に流れ込み、もうひとりのいた広間もそのひとつだった。水に巻き込まれて押し流され、いくつもの扉を通り抜けて壁や像にぶつかったのだ。何度か完全に水中に沈み、溺れるかと思ったときもあったほどだった。結局、潮は第三西広間（はじめの位置から広間七つ分離れた場所）の敷石にもうひとりを吐き出した。僕が彼を見つけたのはそこだ。毛布を一枚と、海藻やムール貝で作った熱いスープを持っていった。歩けるようになるやいなや、もうひとりはひとことも口にすることなく立ち去った。どこへ行ったのかはわからなかった。（実はいまだによくわからない）その事件が起きたのは、星座を名付けた年の第六の月だった。それ以来もうひとりは潮をこわがっている。

「危険はありませんから」と教えてやる。

「たしかかね？」ともうひとり。

ドーン。ドーン。

「はい」と僕。「あと五分で潮が第六玄関に到達し、階段を上ります。第二南広間――ここからふたつ分東です――が一時間水浸しになるでしょう。でも、水の深さはせいぜいくるぶしまでで、ここまでは届きませんよ」

もうひとりはうなずいたが、不安そうな様子は変わらず、まもなく帰っていった。

夕方僕は第八玄関へ魚を獲りに行った。もうひとりとの会話のことは頭になかった。自分の夕食と夕明かりに照らされた像の美しさについて考えていた。しかし、立って網を下層階段の水に投げ込んだとき、目の前にある映像が浮かんだ。鉛色の空を背に、黒い走り書きとあざやかに赤くゆらめく光が見えたのだ。言葉がこちらに流れてきた――黒い背景に白い単語だ。同時に、とつぜん騒音が鳴り響き、舌に金くさい味を感じた。そしてすべての映像が――実際には映像の断片か痕跡にすぎなかった――あの奇妙な言葉「バタ・シー」のまわりにまとまったように思われた。僕はそれをとらえようと、もっとはっきり焦点を合わせようとしたが、夢のように薄れて消えてしまった。

## 白い十字架

### アホウドリが南西広間群を訪れた年、第五の月三十日目の記載

以前の日記（日記NO．9）を調べてみれば、去年の最後の月と今年の最初の一か月半のあいだはほとんど書いていないことがわかるだろう。（こういうことはときどきあるが、以下で理由を説明する）この期間中にある事件が起きたので、そのことについてずっと書こうと思っていた。いま書いておくことにする。

あれは冬のさなかだった。階段の段に雪が積もっていた。玄関の像という像が雪のマントや覆い、帽子をかぶっている。腕をのばした像（たくさんある）はどれも、つるした剣のようにつら

らを持っているか、まるで羽が生えたかのように腕からつららの列がさがっているかのどちらかだった。

わかっていてもつい忘れてしまうことがある――冬はきびしい。寒さが延々と続き、懸命に力をつくしてようやく暖かくいられる。毎年冬が近づくにつれ、燃料に使う干した海藻がたくさんあってよかった、と自分を褒めるのだが、数日、数週間、数か月と続いていくと、足りるかどうか自信がなくなってくる。僕はなるべく何枚もぎゅうぎゅう重ねて服を着る。毎週金曜日に燃料を見積もり、春までもたせるには毎日どれだけ使えるか計算する。

去年の第十二の月、もうひとりはぼんやり立って話すには寒すぎると言い、大いなる秘密の知識に関する研究を中断して、面談をキャンセルした。僕の指は凍えて感覚がなくなっていた――そのせいで書いた字がひどくなった。ついに日記をつけるのをすっかりやめたのだ。

第一の月のなかばごろ、南から風が吹いてきた。それは何日もやまず、愚痴(ぐち)はこぼさないようにしたものの、僕はちょっとした試練と感じた。刺すような雪が広間に吹き込み、夜には第三北広間の寝床にいる僕に吹きつけてきた。風は玄関でひゅうひゅうとうなり、はがれた雪のかたまりを巻きあげて小さな幽霊に仕立てあげた。

その風が悪いことばかりだったわけではない。ときおり小さな隙間や裂け目を吹き抜け、驚くような歌声や笛の音を響かせた。それまで像が声を出すとは知らなかった僕は、その音にまじりけない喜びを感じ、声をたてて笑った。

ある日、早く目を覚まして第四十三玄関へ行った。通りすぎた広間はどんよりと薄暗く、窓にはかすかな光しかなかった——光そのものというより光の気配だ。

食料と燃料にするため、海藻を集めるつもりだった。いつもだったら乾いた海藻を集めるのは春と夏、秋まで待つ。冬はあまりにも寒くてじめじめしている。だが、海藻をひっかけておけば（たぶん戸口に渡して）、風で早く乾くのではないかと思いついたのだ。厄介なのは、吹き飛ばないよう海藻を留めておくことだけだろう。このための方法を三通り考えついたので、全部試してみて、どれがいちばん効率的か調べたくてたまらなかった。

第十一西広間を横切っているとき、風が吹きつけ、盤上のチェスの駒よろしく敷石から敷石へと飛ばされた。（きわめて独創的な一手だった！）

僕は第四十三玄関の階段をおり、第三十七南西広間の真下にある下の広間に入った。風の影響のひとつは、上げ潮が普段よりずっと高く荒々しいということで、逆に下げ潮は低い。ちょうどそのときは下げ潮で、海がはるか遠くまで引いており、広間には完全に水がなくなっていた（そうなることはまずめったにない）。床には潮が残していったものが散らばっていた。海藻が小さな旗のように風になびき、小石、ヒトデ、貝殻などが敷石の上で風に転がされ、カタカタ鳴っている。

僕は身をかがめてひんやりと濡れた海藻を集めはじめた。この単純な作業さえも風のせいでやりにくくなっている。同じ場所にとどまるためにひどく体力を使うからだ。しかも風にひっかけられた海藻の束が勢いよくあたり、手が冷えてひりひりする。

しばらくして、僕は背中を休めようと自分の体をのばした。ふたたび顔をあげ、隣の広間に通じる扉に視線を向ける。

幻影が見えた！　鈍色（にびいろ）の波を覆う薄暗い大気に、白く輝く十字架が浮かんでいたのだ。その白さはまばゆい白で、背後の像が並ぶ壁よりはるかに明るかった。次の瞬間、漠然と悟る。それは十字架などではなく、なにか巨大な白いもので、風に乗ってぐんぐん僕のほうへ滑空してきた。

あれはなんだろう？　鳥に違いないが、こんなに遠く離れていても見えるなら、見知った鳥よりずっと大きいはずだ。それは飛び続け、まっすぐこちらへ向かってきた。僕は広げた翼に応え、抱きしめようとするかのように両腕をひらいた。大声で呼びかける。〝ようこそ！　ようこそ！　ようこそ！〟と言うつもりだったが、風に息を奪われ、なんとか「こい！　こい！　こい！」と出てきただけだった。

鳥は一度たりとも羽ばたかず、盛りあがる波の上を横切って進んだ。みごとな手並みで体をわずかにかたむけ、われわれを隔てている扉をくぐってのける。扉の幅より翼幅があった。あれがなんだか僕は知っている！　アホウドリだ！

なおも鳥はまっすぐこちらをめざして飛び続け、なんとも奇妙な考えが頭に浮かんだ。ひょっとするとあのアホウドリと僕は融合する運命にあり、ふたつ合わさってまったく別の存在になるのかもしれない――天使に！　この思いつきは昂奮（こうふん）と不安を同時にもたらしたが、それでも僕はアホウドリの飛行を鏡に映すように腕をのばしたままでいた。（天使の翼で第二南西広間に舞い込み、安らぎと喜びのメッセージを運んでいったら、もうひとりはどんなに驚くだろう！）胸が高鳴った。

アホウドリが僕に到達した刹那(せつな)――僕らが惑星同士のように衝突し、ひとつとなるだろうと思った刹那！――僕はあえぐように声をあげた――「ああ――！」同時に、はりつめた緊張のようなものがふっと消えた。その瞬間まで、そんな緊張を感じていることにも気づいていなかった。巨大な白い翼が頭上を通りすぎる。僕はその翼がもたらした空気を感じ、においを嗅いだ。塩からく刺激的な野趣あふれる香り、とてつもない距離をさまよい、僕が見ることもない広間を通り抜けてきた、はるかかなたの潮と風の香を。

最後の瞬間、アホウドリは僕の左肩の上をめぐった。僕は敷石に倒れ込んだ。鳥は死にものぐるいでバタバタ羽ばたき、細く強靭(きょうじん)なピンクの脚を突き出して、空から敷石にどさりと転がり落ちた。空中では奇跡のような生き物――天の生き物――だったが、敷石の上では死すべき存在であり、ほかの地上の生き物と同様に恥をかいたりぶざまに動いたりすることもあるのだ。

僕らは身を起こした。いまや乾いた敷石上にいるアホウドリは、これまでにないほど大きく見えた。頭がほぼ僕の胸骨まで届いている。

「君に会えて本当にうれしい」と僕は言った。「ようこそ。僕はこの多くの広間の住人だ。住人のひとりだ。もうひとりいるが、鳥が好きではないから、たぶん君は会わないだろう」

アホウドリは翼を大きく広げ、天井へ喉をのばした。なにかカッカッというような、ひゅうひゅういうような音を喉から出したので、僕は鳥なりの挨拶と受け取った。翼の裏側は黒に近いほど濃い色で、左右それぞれに星のような白い形がついていた。

僕は海藻を集める作業に戻った。アホウドリは広間を歩きまわった。灰色がかったピンクの脚が敷石の上でぴしゃぴしゃと騒々しい音をたてる。ときたまこちらへ寄ってきて、まるで興味があるかのように僕のしていることをのぞきこんだ。

翌日そこへ戻った。アホウドリは階段を上って第四十三玄関を調べていた。いや、それ以上だ——そこの玄関にいまやアホウドリが二羽いると知り、僕がどれだけうれしかったか想像してほしい！　妻が加わったのだ！（あるいは、もしかすると最初のアホウドリが雌でこちらが夫なのかもしれない。この点について確信が持てるだけの情報を持っていなかった）。新たな雌（雄かもしれないが）のアホウドリの翼裏には別の模様があった。銀の雨がふりそそぐような白い斑点模様だ。二羽のアホウドリは翼を広げ、相手のまわりを踊りながらめぐった。嘴を天井へ向け、うれしげに甲高く鋭い鳴き声をあげては、長いピンクの嘴を互いに打ち合わせて喜びを示していた。

数日後、僕はふたたび二羽を訪ねた。今回は前よりおとなしくなったようで、玄関には失望と落胆の雰囲気が漂っている。雄だと考えているアホウドリ（翼に星がついたほう）は下層広間から海藻をたくさん拾ってきていた。嘴で束をくわえ、積みあげている。数分後にはその配置に不満をおぼえ、また海藻のかたまりを集めて別の場所に置こうとした。おそらく十数回はこの行動を繰り返したらしい。

「きみの問題がわかったと思う」僕は言った。「ここへきたのは巣を作るためだ。しかし、必要な材料が見つからない。あるのは濡れて冷たい海藻だけで、卵のために居心地のいい巣を作るにはもっと乾いたのがいる。心配するな、力を貸そう。僕のところに乾いた海藻がある。非鳥類としての発言だが、巣の材料としてうってつけだろうと思う。すぐに行ってとってこよう」

星模様のアホウドリは翼を広げ、首をのばした。嘴を天井に向け、あの耳ざわりなカッカッという音をたてる。思うにこれは感激の表現だろう。

僕は第三北広間に戻った。厚いビニールのシートで漁網を覆う。その内側に、あれだけ大きな鳥二羽にふさわしい量と思われる巣作りの材料を入れた。およそ三日分の燃料と同じぐらいだった。これは相当の分量だったし、与えてしまえば少々寒くなるかもしれないということはわかっている。しかし、世界に新たなアホウドリを迎えることに比べたら、何日か寒く感じるぐらいなんだというのだろう？　この海藻の山にさらにふたつ加えた——発見して気に入ったからという理由だけでとっておいた清潔な白い羽毛と、穴だらけで衣服としてはほぼ使えないものの、貴重な卵のための内張りにするなら大いに役立ちそうなウールのセーターだ。

僕は漁網を第四十三玄関へひきずっていった。うれしいことに、たちまち雄のアホウドリが中身に興味を示してくれた。アホウドリは乾いた海藻を嘴いっぱいくわえ、あちこちで試しはじめた。

それからまもなく、アホウドリたちは底の幅がおよそ一メートルある背の高い巣を作り、その中に卵をひとつ生んだ。すばらしい両親だった。卵に愛情をそそぎ、いまでは卵に対するのと同じぐらい熱心に雛（ひな）の世話をしている。雛の成長はゆっくりで、巣立ちをしそうな気配はなかった。

僕は今年をアホウドリが南西広間群を訪れた年と命名した。

## 鳥たちは第六西広間にひっそりと座る

### アホウドリが南西広間群を訪れた年、第五の月二十一日目の記載

二年前に第二十と第二十一北東広間の天井が崩落してからというもの、館のこの区域の天候は変化した。壊れた天井から雲が漂いおりてきて、通常なら行かない中間広間群へと入り込んだ。おかげで世界は肌寒く鈍色になった。

今朝は寒くてふるえながら目を覚ました。僕の寝ている第三北広間に雲が侵入してきたのだ。像は白い霧に描かれた繊細な白い輪郭(りんかく)になっていた。

僕は急いで起き、せっせと日常の仕事にかかった。第九玄関で海藻を集め、自分の体を温める栄養満点のスープをこしらえる。それから像の目録の作業を続けようと第三南西広間へ出かけていった。

館は奇妙に静かだった。一羽の鳥も飛んでおらず、さえずりも聞こえない。みんなどこへ行ってしまったのだろう？　どうやら僕におとらず雲の渦巻く世界を息づまるように感じているらしい。ようやく見つけたのは第六西広間だった。そこに集まった鳥たちは、あらゆる像の肩や頭、台座、円柱に止まり、ひっそりと座って待機していた。

## 水没広間群

アホウドリが南西広間群を訪れた年、第六の月八日目の記載

第一玄関の東側で館は荒廃している。上層広間群から石材や像が壊れた床を通過して中間広間群と下層広間群に落下し、扉をふさいでいる。おそらく四、五十もの広間に及ぶ一帯には潮が侵入できない。時を経て海水が流出し、これらの広間は雨で満たされ、暗くよどんだ真水の湖となった。ここの窓はなかば水に沈んでいるか、石材に遮断されて薄暗く翳っている。潮から切り離され、あたりは異様に静かだった。

ここが水没広間群だ。

この区域の外縁は水が浅くおだやかで睡蓮(すいれん)に覆われているものの、中心は深く石材の破片や沈んだ像がいっぱいで、どこに危険がひそんでいるかわからない。水没広間群の大多数には近づけないが、いくつかには上の階から入ることができる。

そこには巻き毛の頭と顎ひげを持ち、上半身を暗い水の上に乗り出して、壁の束縛から逃れようともがいている巨大な男の像が複数ある。とくに一体は思いきり体をのばしているため、広くたくましい背中が水の五十センチほど上でほぼ水平の台をかたちづくり、魚釣りにもってこいの場所になっていた。

いちばんいいのは夜釣りだ。明るい月光が射す場所に魚が寄ってきてたわむれるので、見やすいからだ。

## 第十九東広間の上の雲

### アホウドリが南西広間群を訪れた年、第六の月十日目の記載

以前は潮に近すぎるところに住む勇気がなかった。あのとどろきを聞くと走って隠れた。知識がなかったため、水にさらわれて溺れることを恐れていたのだ。

僕はなるべく乾いた広間群にとどまるようにしていた。そこでは像がぼろぼろの海藻や貝の鎧に覆われておらず、空気に潮の香りがしない。つまり、近い時期に水浸しになっていない広間ということだ。水を得るのには苦労しない。たいていの広間には真水の滝がある(何世紀にもわたって水がかかったせいで、二分されかけている像が見られることもある)。しかし食料は別だ。手に入れるために潮に挑戦しなければならなかった。よく玄関に赴き、下層広間群へと、大洋の縁まで階段をおりていったものだ。だが波の力はおそろしかった。

当時でさえ、僕は潮の動きがでたらめではないと知っていた。記録しておくことができれば到来を予測できるのでは、と気づいた。それが表の始まりだ。しかし、潮の動きに関してなにか把握していたとしても、性質はまるで知らなかった。どの潮もほかの潮とほとんど同じだと思って

いたのだ。たくさんの魚や海の植物を期待して、ある潮を待ち構えていたのに、澄みきってきらきら光り、なにもいなかったときには仰天した。

僕はしばしば空腹をかかえていた。

恐れと飢えから館を探検せざるを得ず、水没広間群に魚が豊富にいるのを発見した。この場合厄介なのは、水没広間群の周囲がすべて荒廃した場所だということだった。目的地に到達するには、上層広間群へ上ってから残骸をたどり、床の巨大な亀裂や裂け目の中をおりていく必要があった。

以前、二日間食べていなかったとき、食物を探しに水没広間群へ行こうと決意した。僕は上層広間群にあがっていった。この行動自体、当時のように衰弱した状態にあると簡単ではなかった。階段はそれぞれ大きさが違ってはいても、おおむね館のほかの部分と同じ壮大な尺度で建てられており、各段が上りやすい高さの二倍近くあった。(まるで、神はもともと巨人を住まわせるために館を造ったが、どういうわけか気を変えたとでもいうかのように)

僕は第十九東広間の真上にある上層広間群のひとつに入った。そこから水没広間群におりるつもりだったが、困ったことに、その広間は雲でいっぱいだった——ひんやりと湿った鉛色の空白が広がっている。

僕は日記を持っていた。中を調べてみると、前に一度この近辺にきたことがあり、実はひとつ先、すなわち第二十東広間の上の広間の詳細な記録を残していることが判明した。像の特徴と状態が説明されており、一体はスケッチを描いてさえいる。だが、この広間——いま敷居に立っている、雲でいっぱいの広間――ここについてはなにひとつ記録していなかった。

現在なら、きちんと見通しがきかないうえ、なんの記録もとっていない広間を通って進むなど正気の沙汰ではないと思うが、いまはあのときほど飢えていない。

ふつう隣接した広間は同じ特徴を共有している。すぐ後ろの広間は長さおよそ二百メートル、幅百二十メートルなので、前方の広間も同様である可能性が高い。不可能な距離ではなさそうだ。僕がもっと気にしていたのは像だった。見える範囲では人か半人をかたどっており、どれも僕の身長の二倍から三倍で、みな暴力行為の最中だった――格闘する男、ケンタウロスやサテュロスに連れ去られる男女、人々を八つ裂きにしている蛸。館の大部分の区域では、サテュロスの表情はうれしげだったりおだやかだったり、超然と落ち着き払っていたりするが、ここでは憤怒や苦悶に顔がゆがんでいる。

僕は慎重に行こうと決めた。突き出た大理石の四肢にぶつかれば痛い。

雲に分け入り、広間の北側に沿ってそろそろと進む。白い雲の中から像がつぎつぎと現れた。複雑怪奇にねじまがった恰好でぎっしりと壁を埋めつくしており、まるで腕と体からなる広大な森の中で、しずくのしたたる枝の下を歩いているようだった。

ある像が壁から落ち、砕けて床に転がっていた。これを僕に対する警告だと受け取るべきだったのだ。

一体の像が壁から長く突き出している場所にきた。それは男をかたどっており、巨大な体が後方へのけぞって敷石にかぶさっていた。ケンタウロスに踏みにじられながら、両腕を頭の上にふりあげている。大きな手は掌を上に向け、苦痛に指をまげている。迂回しようと壁から一歩離れたとき、足が踏んだところには……

……なにもなかった。

床がない！　足もとに敷石がない！　落ちていく！　僕は恐怖のあまり壁に飛びついた。すぐさま体が受け止められた！　おびえきって身動きもできず空中にぶらさがっている。不安と衝撃で頭が真っ白だった。奇跡的に踏みにじられた男の手の中に落ちたのだ。その手はびしょぬれでおそろしくつるつるだった。少しでも動けばすべって隙間から転がり落ちてしまう。僕は恐怖にうめき、ありったけの力をふりしぼって踏みにじられた男にしがみつきながら、じりじりと腕から頭へ登っていった。頭から胸へ、そして膝へと伝っていき、そこに体をはさむ。僕の頭から二、三センチ上で襲いかかるケンタウロスの体が一種の天井になっていた。雲が濃すぎて、どこからまた床が始まるのか見えなかった。

僕はそこに一昼夜とどまった。空腹と寒さで死にそうだったが、踏みにじられた男に助けてもらって心から感謝していた。朝になると風が吹き、雲を西のほうへ運んでいった。床のばかでかい裂け目からのぞくと、下の水没広間のよどんだ水まで、目もくらむような落差——三十メートル以上もの——が目に入った。

## ある会話

### アホウドリが南西広間群を訪れた年、第六の月十一日目の記載

**もうひとり**との定期的な面談と、静かな癒しを与える**死者**の存在に加えて、鳥たちがいる。鳥を理解するのは難しくない。行動を見ればなにを考えているかわかる。たいていは〝これは食べ物か？　これは？　これはどうだ？　これは食べ物かもしれない。これはそうに違いないという気がする〟という流れになる。あるいはときどき〝雨が降っている。いやだなあ〟ということもある。

隣人同士の短いやりとりには充分だが、こうした感想を述べるからといって、広く深い知性を持つとはかぎらない。それでも、鳥には一見して考えるより智慧（ちえ）があるのではないかと僕は思った。まわりくどく、とぎれとぎれにしか出てこない智慧が。

かつて——ある秋の夕方だった——**第十七玄関**へ出ようとして、**第十二南東広間**の**戸口**へ行ったことがある。そこを通ることはできなかった。**玄関**が鳥に埋めつくされ、あたり一面に飛び交っていたからだ。鳥の群れは円や螺旋（らせん）を描き、くるくる踊りまわっていた。煙の柱さながらに**玄関**にあふれ、あちこちで黒々とかたまっているかと思えば、たちまち軽やかに散っていく。このダンスは幾度か目撃したが、いつも夕刻で、年の後半の時期だった。

別のときには、第九玄関に入ると小鳥でいっぱいだった。いろいろな種類がいたが、大部分はスズメだ。玄関に二、三歩足を踏み入れたとたん、大きな集団が空へ舞いあがった。大きな弧を描いてどっと東側の壁へ飛んでいき、また弧を描きながら南側の壁へ、それから向きを変え、ゆるやかな螺旋状に僕のまわりをめぐった。

「おはよう」僕は言った。「みんな元気だろうね？」

大半の鳥は別々の場所に散らばって止まったが、ひと握り――せいぜい十羽――は、北西の隅にある庭師の像へ飛んでいった。三十秒ほどそこにいてから、連れ立ったまま、西側の壁側にあるもっと高い像に舞いあがった。蜜蜂の巣箱を運ぶ女だ。一分かそこら、蜜蜂の巣箱を運ぶ女の像のもとにとどまり、そして鳥の群れは飛び去った。

玄関に並ぶ無数の像の中で、なぜ小鳥たちはあのふたつを選んで止まったのだろう。ふと思いついたのは――なんとなく頭に浮かんだだけだが――どちらの像も勤勉さを表しているのでは、ということだ。庭師は年老いて腰がまがっているが、着実に庭を掘っている。女は養蜂という職業を追求しており、運んでいる巣箱も、やはり辛抱強く任務をはたしてしている蜜蜂でいっぱいだ。僕も勤勉であるべきだ、と鳥は告げているのか？　そんなことはないだろう。なにしろ僕はすでに勤勉だ！　いままさに魚を獲ろうと第八玄関へ行く途中なのだから。肩には漁網をかけ、古いバケツで作ったロブスター用の罠籠を持っている。

鳥の警告は――あれがそうだとすれば――一見ばかげているようだったが、僕はこの突飛な推論に従うことに決め、どうなるか見てみることにした。その日は魚が七匹とロブスターが四匹獲れた。どれも投げ戻しはしなかった。

その晩西から風が吹いてきて、予想外の嵐をもたらした。潮が荒れ狂い、魚はいつもの広間群から海のずっと沖へと追い出された。続く二日間はまったく魚が獲れず、鳥の警告に注意を払っていなければ、ろくに食べるものがなかっただろう。

この経験からある仮説が導かれた。ことによると、鳥の智慧とは個別に宿るのではなく、群れ、集団に宿るのではないだろうか。僕はこの理論を試す実験を考え出そうとした。問題は、僕が思うに、そうしたできごとがいつ起こるか前もって知ることが不可能だという点だ。つまり、唯一実行可能なのは、何か月も——むしろ何年も——注意深く観察を続け、几帳面（きちょうめん）に記録を続けることだけだった。残念ながら、ちょうどいま、もうひとりとの作業（もちろん僕が言っているのは大いなる秘密の知識の探究だ）に時間をとられすぎていて、それは不可能だった。

しかし、この仮説を頭において、今朝起こったことを記録する。

第二北東広間に入ると、第九玄関のときと同様、さまざまな種類の小鳥でいっぱいなのに気づいた。僕は陽気に「おはよう！」と呼びかけた。

たちまち二十羽かそこらが大急ぎで北側の壁に飛んでいき、高い像に止まった。それから弧を描いて西側の壁へ飛んでいった。

この前のとき、その行動があるメッセージの端緒（たんちょ）となっていたことを思い出す。

「ちゃんと見ているよ！」と声をかけた。「僕になにを言いたいんだ？」

次になにをするか、じっくりと観察する。

鳥たちは二手に分かれた。一方はトランペットを吹いている天使の像へと飛んでいき、もう一方は小さな波の上を進む船の像へ向かった。

「トランペットを持つ天使と船か」僕は言った。「よし」

最初の群れが大きな本を読んでいる男の像へ飛んでいった。二番目の群れは大きな皿か楯を示している女の像へ舞い寄る。楯の上には雲が描かれていた。

「本と雲」と僕。「うん」

最初の群れは最後に、頭をたれて手に持った一輪の花をながめている幼い子どもの像へ飛んでいった。子どもの頭は、それ自体が花びらを思わせるふさふさした巻き毛に覆われていた。二番目の群れはネズミの大群にむさぼられている穀物の袋の像へと近づいた。

「子どもとネズミ」と僕。「いいな。なるほど」

鳥たちは広間の別々の場所へと散っていった。

「ありがとう！」と僕は呼びかけた。「ありがとう！」

あの仮説が正しいとして、これは間違いなく、鳥が提示してくれた中でもっとも複雑な内容だ。どういう意味だろう？

〝トランペットを吹く天使と船〟。トランペットを吹く天使はメッセージをほのめかしている。喜ばしいメッセージ？　そうかもしれない。だが、天使がきびしいメッセージや深刻なメッセージをもたらすこともありうる。したがって、その性質がいいか悪いかははっきりしない。船は長い距離の移動を示す。〝遠くからきたメッセージ〟

〝本と雲〟。本には文章が書いてある。雲はそこにあるものを隠す。〝なんらかの形で曖昧な文章〟

〝子どもとネズミ〟。子どもは純真さという性質を表す。ネズミは穀物をむさぼっている。少しずつ減っていく。〝徐々に害なわれたり蝕まれたりしていく純真さ〟

つまり、判断できるかぎりでは、鳥が告げているのはこのことだ。〝遠くからのメッセージ。曖昧な文章。蝕まれた純真さ〟

興味深い。

しばらく時間をおくことにして――たとえば二、三か月――それからこのメッセージを再度分析し、そのあいだのできごとによって、なにか解明されるか（そしてその逆もあるか）見てみるとしよう。

## アッディ・ドマルス

アホウドリが南西広間群を訪れた年、第六の月十五日目の記載

今朝、第二南西広間でもうひとりが言った。「今日は儀式にとりかかるつもりだ。君は近くにいたくないだろうな」

儀式というのは、世界の中でなにものかに囚われている大いなる秘密の知識を解き放ち、われわれ自身に移すために、もうひとりが行う儀式的な魔法のひとつだ。いままでに、毎回少しずつ

異なる形で四回行っている。

「少々変更を加えたのでな」と彼は続けた。「いってみれば、その場でどう響くか聞いてみたい」

「手伝います」僕は熱心に言った。

「よろしい」ともうひとり。「あまり口数が多くならなければな。私には集中力が必要だ。明瞭な精神と」

「当然です」と応じる。

今日のもうひとりは、濃くも薄くもないグレーのスーツに白いシャツを身につけ、黒い靴を履いていた。ぴかぴかしている装置を空いた台座に置く。「これは召喚だ。召喚において、占者は東を向かなければならん」と言った。「東はどちらだ？」

僕は指さした。

「そうだな」ともうひとり。

「僕はどこに立ちましょう？」

「好きなところでいい。どこでも変わらない」

僕はもうひとりが立っている場所から二メートル南の位置につき、北を向こうと決めた――つまり彼のほうだ。儀式に関してはきちんとした見識も知識もなかったが、侍者としてはこれがふさわしい位置だと思われた。補助的でありながら神秘の解説者と結びついている。

「なにをしましょうか？」と問いかける。

「なにも。さっき言ったように口をつぐんでいてくれ」

「僕の霊の力をあなたに貸すことに集中しますよ」僕は言った。

「うむ。いいだろう。そうしたまえ」もうひとりはぴかぴかした装置にさっと向き直り、なにかを確認した。「よし」と言う。「大半の変化を加えたのは、儀式のこの最初の部分だ。いままではたんに知識を呼び覚まし、私のもとに訪れて力を授けてほしいと願うだけだった。それではなんの効果も得られないようなのでな、かわりにアッディ・ドマルスの霊を召喚するつもりだ」

「アッディ・ドマルスとは誰、それともなんですか?」僕はたずねた。

「王だ。ずっと昔に死んでいる。求める知識を持っていた者だ。ともかくその一部をな。ほかの儀式で助けを求めたときにはうまくいった、とりわけ……」相手は急に黙り、一瞬混乱したように見えた。「過去に助けを求めたときにはうまくいった」としめくくる。

もうひとりは神秘の解説者たる威厳に満ちた姿勢をとった。背筋をのばし、肩をそびやかして頭をもたげる。第十九南広間にある祭司長の像を想起させる姿だった。

ふいに僕はその発言の重要性に思い至った。

「ええっ!」と大声をあげる。「死者のひとりの名前を知っているとは、一度も話してくれませんでしたね! あのうちの誰なのかわかりますか? 知っているなら教えてください! 食べ物と飲み物を供えに行くとき、ぜひ名前で呼びかけたいので!」

もうひとりはしていたことを中断し、眉をひそめた。「なんだと?」と問い返す。

「死者です」僕は熱意をこめて続けた。「もし本当にあのうちのひとりの名前を知っているのなら、どれなのか教えてください」

「失礼？　なんのことかわからんな。なんのうちのどれだと？」

「過去に少なくともひとりの死者が知識を持っていた、とあなたは言いました。その後、失ってしまったのでしょう。だからどの死者なのか知りたいのです。ビスケット缶の男ですか？　隠された人物？　それともアルコーヴの人々？」

もうひとりはぽかんとこちらを見つめた。「ビスケット缶……なんの話をしている？　ああ、待て。それは君が見つけたあの骨に関係しているのか？　いや。いや、いや、いや。あれは違う……それは違う……まったく、勘弁してくれ！　集中する必要があるとたったいま言わなかったか？　そう言わなかったか？　いまそれをやらなくてもいいかね？　私はこの儀式を整理しようとしているのだ」

僕はたちまちはずかしくなった。もうひとりの大切な仕事の邪魔をしているのだ。「もちろんです」と答える。

「関係ない質問に答えている時間はない」彼はぴしゃりと言った。

「すみません」

「ただ静かにしていてくれればありがたい」

「そうします」と告げる。「約束します」

「うむ。いいだろう。よし。どこまで行ったところだったかね？」もうひとりは言った。深く息を吸い込み、またぴんと背筋をのばし、頭をそらして立つ。両腕をあげると、朗々たる響きでアッディ・ドマルスに呼びかけ、何度か違うやり方で「きたれ！　きたれ！」と叫んだ。

続く静寂の中で、もうひとりは徐々に腕を脇におろし、力を抜いた。「よろしい」と言う。「本番では火鉢を使うかもしれない。なにかの香を焚いてな。考えてみよう。そして、召喚のあと名を列挙する。私が求める力を名指すのだ。死の克服、より劣る精神に侵入する力、不可視性などなど。それぞれの力を視覚化することが重要だ。したがって、力を名指すさいには、自分が永遠に生きている、他人の思考を読んでいる、目に見えなくなっている、といった姿を想像する」

僕は礼儀正しく手をあげた。（また関係ない質問をしていると責められたくなかったのだ）

「なんだ？」相手は鋭く訊いた。

「僕もそれをやりましょうか？」

「ああ。望むなら」

同じ朗々たる声音でもうひとりは知識が授ける力の一覧を唱えた。「飛翔の力を名指す！」と彼が呼ばわったとき、僕は自分がミサゴに変身し、ほかのミサゴたちと押し寄せる潮の上を飛んでいる姿を思い描いた。（もうひとりが話した力の中で、僕のお気に入りはこれだった。本当に正直なところ、ほかの力にはあまり興味がなかった。姿が消えたところでなんの役に立つ？　たいていの日は、ここで僕を目にするのは鳥だけだ。永遠に生きたいなどと望んでもいない。館は一定の寿命を鳥に定め、人間には別の寿命を定めている。僕はそれを受け入れよう）

もうひとりは一覧の最後に到達した。いま行った儀式の一部について考えており、満足してはいないことが見てとれた。顔をしかめて遠くを見つめている。「このすべては、ある種の――なんらかのエネルギー、なにか命ある生きたものに対して呼びかけるべきだという気がする。求めているのが力である以上、すでに力を持つ存在にこの言葉を投げかけるべきなのだ。筋が通っているかね？」

「はい」と僕。

「だが、力あるものなどいない。生きたものさえいない。鳥の糞だらけの崩れかけた像で埋めつくされた、どれも同じわびしい部屋が延々と続いているだけだ」彼は不満げに黙り込んだ。

もうひとりは僕のようには館を崇敬していない、と気づいてから何年にもなるが、それでもこんなふうに話されるとぎょっとする。どうしてこれほど知的な人物が、館になにも生きたものはいないなどと言えるのだろう？　下層広間群には海の生き物や植物が満ち満ちており、多くはたいそう美しく風変わりだ。潮そのものが動きと力であふれているのだから、必ずしも生きているとは言えないにしろ、生きていないわけでもない。中間広間群には鳥と人間がいる。糞（について文句を言っているが）は命の痕跡ではないか！　広間がどれも同じだというのも正しくない。扉や窓の数ばかりでなく、円柱や付け柱、壁龕、後陣、ペディメントの様式もずいぶん異なっている。どの広間にも像があり、あらゆる像が独特だ。もし同じものがあるとしても、僕はまだ見たことがないから、互いにとてつもなく離れて存在するに違いない。

しかし、こういうことを言ってもしかたがない。もうひとりがさらに苛立つだけだとわかっていた。

「星はどうですか？」僕は提案してみた。「もし儀式を夜に行うなら、星に祈りを捧げられますよ。星は力とエネルギーの源です」

一瞬の沈黙のあと、「その通りだ」と彼は言った。驚いたような声だった。「星。それは実際、悪くない考えだ」もうしばらく考える。「惑星（さまよう星）よりは恒星（こうせい）のほうがいいだろう。それに明るくなくては——周囲の星々よりはっきり明るい必要がある。迷宮のどこか、めずらしい地点か場所を見つけるのがいちばんだ——そしてそこで、もっとも明るい星と向かい合って儀式を行う！」つかのま、**もうひとり**は昂奮しきっていた。そのあと溜め息をつくと、また活力がすべて流れ出してしまったように見えた。「だが、そんな場所はなさそうだな」どの**広間**もほかの**広間**とまったく同じだ、とまたもや言う。ただし彼は「部屋」と呼び、おとしめる意図を持つ言葉を使った。

僕は怒りがこみあげるのを感じ、一瞬、こちらが知っていることを教えてやるものかと思った。しかしそれから、本人がどうしようもないことで罰を与えるのは不親切だと考え直した。僕のようにものごとを見ないからといって、彼のせいではない。

「実は」と切り出す。「ほかのとは違う**広間**があるのですが」

「ふん？」と**もうひとり**。「そんなことは一度もいわなかったな。どういうふうに違うのかね？」

「そこには**扉**がひとつしかなく、**窓**はありません。僕も一度しか見たことがないのです。正確に説明するのが難しいのですが、不思議な雰囲気がありました。荘厳であると同時に神秘的で、**存在感**に満ちていました」

「つまり、寺院のような？」彼は訊いた。

「はい。寺院のような」

「なぜ前にそのことを話さなかった？」相手はまたもや怒りと苛立ちを募らせて問いただした。

「その、ここから少し離れているので。たぶん興味がないだろうと……」

しかし、彼は僕の説明など眼中になかった。「その場所を見る必要がある。私を連れていけるかね？　どのくらい離れている？」

「そこは**第百九十二西広間**で、**第一玄関**から二十キロ離れています」僕は答えた。「たどりつくのに三・七六時間かかります、休憩の時間を含めずに」

「そうか」と彼。

これ以上相手の意欲をそぐ台詞（せりふ）はなかっただろう（そういうつもりではなかったが）。**もうひとり**には**世界**を探検したいという願望などないのだ。これまでに**第一玄関**から**広間**四つか五つ分の範囲しか動いたことがないに違いない。

**もうひとり**が言った。「知る必要があるのは、その部屋の戸口からどんな星が見えるかということだ。見当がつくかね？」

僕は考えてみた。**第百九十二西広間**は軸が**東**と**西**に向いていただろうか？　それとも**南東**と**北西**だったか？　頭をふる。「わかりません。思い出せない」

「では、もう一度行って調べられないのか？」と要求された。

「**第百九十二西広間**へ行けと？」

「そうだ」

僕はためらった。

「なにが問題だ？」彼はたずねた。

「第百九十二西広間への道筋は第七十八玄関を通り抜けるのですが、その区域は頻繁に洪水が起きるところです。いまは乾いているでしょうが、潮が下層広間群から瓦礫を運んできて、周囲の広間じゅうに撒き散らすのですよ。瓦礫の中にはへりがぎざぎざで、足を切ってしまうようなものがあるのです。足から血が出るのはよくありません。感染の危険がある。壊れた大理石のあいだを注意深く進まないといけない。可能ではありますが、骨が折れます。時間がかかるでしょう」

「わかった」ともうひとり。「なるほど、瓦礫があると。しかし、どこが問題なのか、まだよくわからんな。君は以前、その瓦礫のある場所を通り抜けたが、別に怪我をしなかったのだろう。なにが変わったのかね?」

顔がぱっと赤くなった。僕は敷石に目をすえた。スーツ姿でぴかぴかの靴を履いたもうひとりはいかにもこざっぱりとして上品だった。一方、僕はきちんとしていない。服は魚を獲る海水のせいでぼろぼろになり、色あせて腐っている。こうした対比に注意を引くのはいやだったが、訊かれたからには答えなければならない。そこで言った。「変わったのは、以前は靴があったということです。いまは持っていないのです」

もうひとりは仰天して僕の褐色の素足をながめた。「いつなくなったのかね?」

「一年ほど前です。靴がばらばらになってしまいました」

相手は吹き出した。「どうしてなにも言わなかった?」

「手間をおかけしたくなかったので。魚革でなにか靴を作れると思いました。でもそうする時間がとれなくて。すべて自分の責任です」

「いやはや、ピラネージ」もうひとりが言った。「君はなんという馬鹿者だ！　それだけの理由で行けないというのなら、その……その……なんとかいう部屋……」

「第百九十二西広間」僕は言葉をさしはさんだ。

「うむ。なんでもいい。もしそれだけのことなら、明日靴を持ってきてやろう」

「そうですか！　それはとても……」僕は言いかけたが、もうひとりが片手をあげた。

「礼を言う必要はない。ただ必要な情報を持ってきてくれ。私が求めるのはそれだけだ」

「ええ、そうしますよ！」と約束する。「靴があればなんの問題もありません。三時間半で第百九十二西広間に着きます。せいぜい四時間です」

## 靴

### アホウドリが南西広間群を訪れた年、第六の月十六日目の記載

今朝、第三南西広間に行く途中で第二南西広間を通り抜けた。もうひとりがよりかかる空いた台座の上に小さな段ボール箱が置いてあった。濃いグレーだ。蓋には少し薄いグレーで蛸の絵と、なにかオレンジ色の文字がついていた。文字はＡＱＵＡＲＩＵＭ（アクアリウム）と読めた。

僕は箱をあけた。一見白い薄紙しか入っていないようだったが、紙を持ちあげると靴が一足あ

った。南広間群の潮を思い出させる青緑色のキャンバス地でできている。ゴムの靴底は白くて分厚く、白い靴紐がついていた。箱から出して履いてみる。ぴったりだった。履いたまま歩いてみた。すばらしくクッション性があり、弾むように感じた。

僕は一日じゅう、新しい靴を履いているという至福の喜びで走ったり踊ったりしていた。

「ほら！」僕がなにをしているか確かめようとして、第一北広間でカラスたちが高い像から舞いおりてきたとき、僕は声をかけた。「新しい靴だよ！」

だが、カラスたちはカアカア鳴いただけで上に戻ってしまった。

## もうひとりが僕にくれたものの一覧表

アホウドリが南西広間群を訪れた年、第六の月十七日目の記載

館が僕にあれほどすばらしい友を送ってくれたことをうれしく思い、感謝するため、もうひとりがくれたもの全部の一覧表を作ってみた。

星座を名付けた年、もうひとりが僕にくれたもの

- 寝袋ひとつ

・枕ひとつ
・毛布二枚
・合成ポリマーでできた漁網二枚
・厚いビニールのシート四枚
・懐中電灯。これは一度も使ったことがなく、いまはどこにおいたか思い出せない。
・マッチ六箱
・マルチビタミン二瓶

死者を数えて名付けた年、僕にくれたもの

・チーズとハムのサンドイッチ

第二十および第二十一北東広間の天井が崩落した年、僕にくれたもの

・プラスチックのボウル六個。天井の亀裂や像の顔を流れ落ちる真水を受けるのに使っている。ひとつは青、ふたつは赤で、三つは雲の色をしている。雲の色のボウルは厄介だ。像とほぼ同じ白っぽい灰色なのだ。水を受けようとどこかに置くたび、たちまち周囲にとけこんで見失ってしまう。去年ひとつなくなり、まだ見つかっていない。

・靴下四足。ふた冬のあいだ足が暖かく心地よかったが、いまはどの靴下にも穴があいている。残念ながらもうひとりは新しい靴下をくれることを思いつかなかった。
・釣り竿と釣り糸
・オレンジ一個
・クリスマスケーキひと切れ
・マルチビタミン八瓶
・マッチ四箱

第九百六十広間まで旅した年、僕にくれたもの

・腕時計の新しい電池
・新しいノート十冊
・さまざまな文房具の取り合わせ、星図を作るための大きな紙十二枚、封筒、鉛筆、定規一本、消しゴム数個を含む
・ペン四十七本
・追加のマルチビタミンとマッチ

今年（アホウドリが南西広間群を訪れた年）、これまでに僕にくれたもの

・プラスチックのボウルを追加で三個。色あざやかで目につくので、この三つがいちばんいい。ひとつはオレンジ色、ふたつは色合いの異なる緑色。
・マッチ四箱
・ビタミン三瓶
・新しい靴一足！

僕は**もうひとり**の気前のよさのおかげで本当に助かっている。彼がいなければ、冬に寝袋で暖かく快適に寝ることなどなかっただろう。自分の考えを記録するノートも持っていなかったはずだ。

それはそれとして、なぜ**館**は**もうひとり**に僕よりも多様な品物を与えているのだろう、という疑問が浮かんだ。彼には寝袋や靴、プラスチックのボウル、チーズサンド、ノート、切ったクリスマスケーキなどを提供する一方、僕にはほとんど魚ばかりだ。たぶん**もうひとり**が僕ほど自活することに長けていないからではないだろうか。魚の獲り方も知らないのだ。焚火の燃料やおいしい軽食にするために海藻を集めて乾かし、蓄えておくことも（僕の知るかぎりでは）したことがないし、魚の皮を処理して革（多くのことに役立つ）を作ることもしない。**館**があれだけいろいろな品物を与えなければ、彼が死んでしまう可能性は充分にある。そうでなければ（こちらのほうがありそうだが）、僕がかなりの時間を費やして面倒を見てやらなければならないだろう。

## アッディ・ドマルスと名乗る死者はいない

アホウドリが南西広間群を訪れた年、第六の月十八日目の記載

死者を訪れてから数週間たっていたので、今日また行ってきた。めいめいの位置が数キロ離れているので、一日で全員を訪問することは楽な仕事ではない。僕はひとりひとりに水と食物、それに水没広間群で集めた睡蓮を供物として持っていった。

壁龕や台座に行くごとに〝アッディ・ドマルス〟という名をささやいてみた。そのうちのひとり——名前の持ち主——がなんらかの形で承認を伝えてくるのではないかと期待したのだ。しかしそんなことは起こらなかった。むしろ、それぞれの壁龕や台座の前にひざまずいているとき、まるでその名が押しのけられているかのように、かすかな拒絶の気配を感じた。

## 旅

アホウドリが南西広間群を訪れた年、第六の月十九日目の記載

今日はいつもの仕事をして過ごした。魚獲り、海藻集め、像の目録作り。夕方近くに必要なも

のをまとめ、第百九十二西広間まで徒歩で出発した。

道すがら館は驚くべき光景をたくさん見せてくれた。

第四十五玄関では、ある階段にまるごとムール貝が敷きつめられていた。その階段の壁に沿って並ぶ像のひとつはムール貝の青黒い殻にほぼのみこまれ、のぞいているのはじっと見つめる顔の半分とさしのべた白い腕一本だけだった。僕は日記にそのスケッチを描いた。

第五十二西広間では、壁を照らす黄金(こがね)色の光があまりにもまばゆく、並んだ像がその中にとけていくように見えた。そこから、窓のほとんどない、涼しくて薄暗い小さな控えの間に入る。女の像が目についた。熊の仔が中身を飲めるように、平たく幅の広い皿をさしだしている。

第七十八玄関に近づくと、敷石に瓦礫が撒き散らされていた。最初はちらほら散らばっているだけだったが、玄関のそばに近づくころには、ぎざぎざした石だらけの、でこぼこして危険な床を歩いていた。玄関自体は、まだ瓦礫の下を浅く水が流れている。隅には壊れた像が積み重なっていた。

僕は歩き続けた。第八十八西広間では敷石に破片はなかったが、別の問題に出くわした。この広間にセグロカモメの一群が巣を作っており、そこに僕が侵入したことで激怒されたのだ。鳥たちはいきりたって甲高く鳴き、飛びかかってくると、バタバタ羽ばたいたり嘴でつつこうと試みたりした。僕は両腕をふりまわし、大声をあげて撃退した。

第百九十二西広間にたどりついた。唯一の扉の前に立って中をのぞきこむ。周囲の広間はぼんやりと青い薄明(はくめい)に照らされていたが、この特別な広間は——すでに述べたように、ここには窓がてくる。

ない——暗く、像は見えなかった。室内からかすかな隙間風——冷たい吐息のような——がもれてくる。

僕は真っ暗闇には慣れていない。館に暗い場所はほとんどなかった。控えの間の薄暗い片隅や、瓦礫に光がさえぎられる荒廃した広間群の一角など、ところどころに物陰を見つけることはある。だが、概して館は暗くない。夜でさえ窓越しに星々が輝いている。

もうひとりの質問——広間の戸口からどんな星が見えるか？——に答えるには、広間の正確な方位を確認してから、星図を調べればすむと想定していた。だが、いま実際に扉の前に立ってみると、この計画は楽観的すぎたことに気がついた。扉は幅およそ四メートル、高さ十一メートルで、扉としては大きいが、空の広大さと比べればきわめて小さい。広間で夜を明かして自分で確かめないかぎり、どの星が戸口から見えるか教えることはできないだろう。

この見通しは好ましくない。

階段を伝って第十九東広間の上まで行ったとき、そこにある上層広間が雲に覆われていたことを思い出した。暴れまわる巨大な像に埋めつくされ、どの顔も憤怒か苦悶の叫びにゆがんでいた広間の様子がよみがえる。

たとえば（と僕は考えた）また同じことが起きたとしたら？　第百九十二西広間の暗闇に入っていき、横たわって眠りについたあと、目覚めてぞっとするようなものが自分を囲んでいたとしたら？

僕は自分に腹を立て、みずからの臆病さにうんざりした。こんな考え方をするものではない！

四時間もあるいてこの広間にたどりついたのは、おびえて中に入れなくなるためだったのか？　ばかばかしい！　あの上層広間で経験した恐怖が、ほかのところでも繰り返される可能性は低い、と自分に言い聞かせる。結局のところ、前にも第百九十二西広間に入っているのだから。像がひときわ暴力的でおそろしげだったりしたら、当然憶えているはずだ。そのうえ、僕にはもうひとりに対する義務がある。どんな星々が扉から見えるか、彼は知る必要があるのだ。

とはいえ、それでも暗闇には身がすくむ。入るのはしばらく見合わせることにした。僕は外に座り、食べ物と飲み物をとって、日記にこの部分を書き込んだ。

## 第百九十二西広間

### アホウドリが南西広間群を訪れた年、第六の月二十日目の記載

日誌の前の記載を終えたあと、第百九十二西広間に入った。闇と冷気に包まれる。いくらか進んだところで（だいたい二十メートルぐらいだろう）ふりかえり、外の廊下にある窓と完璧に平行になった唯一の扉と向かい合った。腰をおろして毛布にくるまる。

最初は背中の暗闇と見知らぬ像の群れを強烈に意識していた。ひどく静かだった。僕がふだん寝ている広間——第三北広間——は夜のあいだ鳥だらけで、動いたり羽ばたいたりするたびにかすかな音が聞こえた。しかし、わかる範囲では第百九十二西広間に鳥はいない。僕と同様、ここ

は落ち着かないと思っているのはあきらかだ。

僕は唯一なじみのあるものに集中した。下層広間群で響く海の音、幾千幾万もの部屋で壁を叩く水の音だ。それはいつでも僕から離れない音だった。僕は毎晩、母の胸で鼓動に耳をかたむけて安らぐ子どもが寝入るように、その響きとともに眠りにつくのだ。そして実際、いまそういう状況が起きていたに違いない。次に気づいたのは、いきなり眠りから目が覚めたことだった。

唯一の扉の中央に満月がかかり、広間が光にあふれている。壁の像はみな、たったいま扉のほうを向いたかのような恰好で、大理石の目が月を見つめていた。ほかの広間の像とは違う。個々に分かれているわけではなく、ひとかたまりの群衆を表現している。互いに腕をまわしているもの、月を見ようと前にいる人物の肩に手をかけ、身を乗り出しているもの。父親の手にすがりついている子ども。後脚で立ち、主人の胸に前脚をかけて注意を引こうとしている――月にはなんの関心もない――犬までいた。後ろの壁は像でいっぱいだった――きっちり列になっていない、ごちゃごちゃした寄せ集めの群衆だ。その前面にいるのは月光を浴びて立つ若者で、意気揚々と顔を輝かせ、手には旗を掲げている。

あやうく息をするのを忘れるところだった。つかのま、世界にふたりではなく何千人も人間がいるとすればどんなふうか、漠然とわかったような気がした。

# 第八十八西広間

## アホウドリが南西広間群を訪れた年、第六の月二十日目の記載2

満月が西へかたむき、広間の光が薄れて、扉の反対側の窓で星座が明るくなった。僕はどの星座と星が見えたかメモをとった。明け方に数時間眠ってから帰途についた。

歩きながら、もうひとりが未知の新しい力を与えてくれると言った大いなる秘密の知識について考えていた。そしてあることに気づいた。もはやその存在を信じていないと悟ったのだ。いや、それは必ずしも正確ではないかもしれない。知識が存在する可能性はあるだろう。同様に存在しない可能性もあると思う。どちらにしても、もはや僕にとって問題ではなかった。もうそれを探して時間を無駄にするつもりはない。

この自覚――知識がどうでもいいと気づくこと――は、啓示という形で訪れた。つまり、なぜ、どんな過程でそこに至ったか理解する前に、真実だとわかったという意味だ。この過程をたどりなおそうとすると、僕の心は繰り返し月光に照らされた第百九十二西広間、あの美しさと深い静けさの感覚、月をふりかえった（あるいはふりかえったように見えた）像の群れの顔に浮かんだ敬虔（けいけん）な表情へと戻っていった。われわれは知識を追求することで、館が解くべき謎、解釈すべき文章であると考えるよう仕向けられていたのだ。万が一知識を発見したとしても、それは館から価値をむりやり奪い取るようなもので、あとにはただの景色しか残らない。月光に照らされた第百九十二西広間の光景は、そんな探究がいかに愚かしいことか自覚させた。館に価値があるのは館だからだ。館はそれ自身、それだけで充分なのだ。目的のための手段などではない。

こう考えていると別のことを思いついた。知識が与えてくれる力についてもうひとりが説明する内容を聞くと、いつも落ち着かなくなることに気づいたのだ。たとえば、より劣る精神を操る力を得られると彼は言う。さて、そもそも、より劣る精神などというものはない。もうひとりと僕しかいないのだし、ふたりとも頭が切れて才気煥発だ。しかし、より劣る精神というものが存在すると仮定して、なぜ僕がそれを操りたいと思うだろう？知識の探究をやめれば、自由に新たな種類の科学を追求できる。データが提供するどんな道にも進めるのだ。こう考えているとうれしくてわくわくした。もうひとりのもとへ戻って説明するのが待ち遠しい。

そんなことに思いを馳せながら広間を歩いて通り抜けていたとき、騒々しい鳥たちの鳴き声が聞こえ、第八十八西広間はセグロカモメでいっぱいだったのを思い出した。別の道筋を行くべきかと悩んだものの、迂回すれば移動距離が広間七つか八つ分（一・七キロ）は増えると見積もり、やめておいた。

広間の半分ほど進んだところで、敷石にばらばらと白い形が散らばっていることに気がついた。拾いあげてみる。文字が書いてあるちぎれた紙片だった。くしゃくしゃになっていたので皺をのばし、合わせてみようとした。紙切れの二枚——いや、三枚——がぴったり合い、側面がぎざぎざした小さな紙の一部になった。ノートから一ページ破り取ったように見える。

紙をつなぎなおしても、ページの文字を読み取るのは難しそうだった。ひどい筆跡だ——もつれた海藻のようだ。数分間ながめたあと、「ミノタウロス」という単語が見分けられたように思った。一、二行上には「奴隷」という単語、一、二行下には「あの男を殺す」という言葉が見える気がする。ほかの部分はまるっきり解読不可能だった。だが、「ミノタウロス」への言及には興味を引かれた。第一玄関には巨大なミノタウロスの像が八体あり、それぞれに異なっている。これを書いた人物は、僕のこの広間群を訪れたのではないだろうか？

これは誰の書いたものなのだろう。もうひとりではない。本人があえて第八十八西広間ほど遠くまで足を運んだことはないはずだし、その事実はおいても、彼の筆跡がきっちりと正確なのは知っている。では死者のひとりか。魚革の男？　ビスケット缶の男？　隠された人物？　これは歴史上きわめて重要な発見かもしれない。

もうなにを探しているかわかっているので、敷石にもっと白い形が落ちているのが見えた。それを集めにかかる。南西の隅から始めて、念入りに広間じゅうの敷石を探し、あらゆる部分を確認した。最初、セグロカモメはこの行動に対して騒がしく抗議してきたものの、卵や雛に近づいてこないとみると関心を失った。四十七枚の紙片を見つけたが、膝をついて全部合わせてみようとすると、まだずいぶん足りないことが判明した。

僕はあたりを見まわした。セグロカモメの巣は像の肩や台座の上につめこまれている。巣のひとつは、一頭の象をかたどった像の脚のあいだに押し込まれ、別の巣は老王の冠にバランスよく載せてある。冠の巣から白い切れ端が二枚のぞいているのが見えた。僕は慎重に近づくと、隣の像によじ登って調べてみた。たちまち二羽のカモメが怒りの叫びとともに翼や嘴を叩きつけながら襲いかかってきた。しかし、僕も同じくらいむきになっていた。片腕で像の上に自分の体をひきあげ、反対側の腕で鳥たちを撃退する。

巣は乾いた海藻と魚の骨で作られており、ごちゃごちゃした崩れ落ちそうなしろものだった。その骨組みに文字の書いてある紙切れが五、六枚織り込まれている。僕は像からおりて壁や巣や攻撃してくるカモメから離れ、広間の中央に撤退した。

どうすべきかじっくり考える。欠けた紙片をいま回収するのは無理だ。セグロカモメは絶対に巣を分解させてくれないだろう——そんな真似をしたくもなかった。いや、夏の終わりまで待つしかない——いや、もっといいのは秋のはじめか——雛が育ってカモメが巣を捨てるときまでだ。そうしたら、戻ってきて欠けた紙片を全部手に入れられる。

僕は四十七枚の紙切れを注意深く荷物に入れ、ふたたび帰途についた。

## これはすべて前にも話したことがある、ともうひとりが説明する

アホウドリが南西広間群を訪れた年、第六の月二十二日目の記載

今朝第二南西広間へ星図を持っていった。

もうひとりは空いた台座によりかかり、足を組んで台座に肘をかけていた。くつろいだ様子だった。しみひとつない濃紺のスーツと真っ白なシャツを着ており、親しげに笑いかけてきた。

「靴はどうかね？」とたずねる。

「たいへんけっこうです！」僕は答えた。「すばらしい！　ありがとうございます！　ですが、靴そのものより価値があるのは、これがわれわれの友情のあかしだということでしょう！　あなたのような友人を持つことは人生で最高の幸せだと思いますよ！」

「私は最善をつくしている」ともうひとり。「では教えてくれたまえ。どうしていたのかね？　靴が手に入ったわけだが」

「もう第百九十二西広間に行ってきましたよ！」

「よし。それで、どんな星が見えた？　メモはとったかね？」

「とりましたよ」と僕。「でも、ここには持ってきていません。お伝えしなければならないことは全部憶えていますから」

それから第百九十二西広間でなにを見たか話した。「もっとも注目すべき特徴は、像です。つまり唯一の扉と窓がないことをのぞいてですが。ある像を月光がとくに引き立たせていて――若い男をかたどったものです。僕が思うに、彼が表している美徳とは――」

「そんなことはどうでもいい。私が像に興味を持っていないのは知っているだろう。星について教えてくれ」もうひとりがさえぎった。「なにが見えた？」

「お見せしましょう」僕は星図の一枚をひらくと、空いた台座の上に置いた。彼が近づいてきてかたわらに立つ。「薔薇と慈母、街灯が見えました。続いて明け方近くには靴屋と鉄の蛇が」（これは僕が星座につけた名前の一部だ）

もうひとりは星図を注意深く調べた。それからぴかぴかした装置をとりあげ、なにか書き入れる。

「その星の中にとりわけ明るいものはあるか？」と問いかけてきた。

「はい。ここの星です。慈母の中にあります。いってみれば、さしのべた腕の先端ですね。空でもっとも明るい星のひとつです」

「完璧だ」ともうひとり。「もっとも明るい星によって、至高の知識を象徴する。ところで、君がその作業にかかっているあいだに私は決めた。その部屋に行って儀式を行うことにしたのだ。間違いなく、かつてないほど深く迷宮の奥へ入り込むことになるな。したがってリスクはある……」つかのま口をつぐみ、まるで覚悟を決めているかのようにきりっとした表情になる。

「……だが、リスクと利益を比較すると――そう、計り知れない利益を得られるかもしれない。君がもたらした情報は実に貴重だ。これから君にしてもらいたいのは、その場所に戻り、一年のどの時期にどんな星座が見えるかはっきりさせることだ」

いまこそ大いなる秘密の知識に関する僕の啓示を説明するときだった。

「そのことですが」僕は言った。「こちらも話したいことがあります。あることが示されたので、あなたにぜひお伝えしなければ。われわれの今後の研究すべてに広範な影響を与える事柄です。

あの**知識**の探究をやめなければなりません！　始めたときには打ち込む価値のある立派な試みだと信じていましたが、そうではないとわかったのです。ただちに中止して、かわりに新たな科学研究の計画を決めましょう！」

**もうひとり**は聞いていなかった。あのぴかぴかした装置にメモを書き込んでいたのだ。「ふむ？　なんだと？」と問い返す。

「**知識**の探究について話しているのです」僕は答えた。「そして、中止すべきだと**館**が僕に示したことについて」

**もうひとり**は装置を叩くのをやめた。一瞬間をおき、たったいま僕が言った内容を整理する。それから装置を**空いた台座**におろし、両手で顔を覆うと、うめくような声をもらして瞼（まぶた）をさすった。「いやはや！　やめてくれ、またこれか」

彼は目から手を離した。顔をそむけて遠くをながめる。「なにも言うな」と制止した（僕は次の言葉を発していなかったが）。「考える必要がある」

長い沈黙があり、その終わりにひとつの結論に達したらしい。「座りたまえ」と言った。

僕らは**広間**の**敷石**に並んで腰をおろした。僕はあぐらをかき、**もうひとり**は両膝をまげて**空いた台座**に背をもたせかけた。

顔をしかめて険悪な表情になっている。こちらを見るのが難しいと感じているらしい。こうした兆候から、腹を立てているものの、懸命に表に出すまいとしているのがわかった。

**もうひとり**は咳払いした。「よし」と抑えた声で言う。「理由は三つある――三つだ――なぜ君があの知識を探すことをやめるべきではないのか。これからすべて検討するが、おそらく最後には私の言う通りだと気づくだろう。ともかく私の言うことに耳をかたむけてもらいたい。それならできるな?」

「もちろん」と僕。「その三つの理由を教えてください」

「よろしい、最初の理由はこれだ。私がしていることはやや自分本位だと君には思われるかもしれない——自分のために知識を得ようとしていると。だが、事実はまったく違う。君と私で着手したこの探究は、真に偉大な研究課題(プロジェクト)だ。まさに画期的な。人類の歴史上もっとも重要なもののひとつなのだ。われわれが求める知識は新しいものではない。古いのだよ。本当に古い。むかし人々はその知識を持ち、大いなること、超自然的なことを行うために使っていた。彼らはそれを手放さずにいるべきだった。尊重すべきだった。しかしそうはしなかった。人々は進歩と呼ぶもののためにそれを捨てた。取り戻せるかどうかはわれわれ次第だ。この探究は自分たちのために行っているのではない。人類のためだ。人類が愚かにも失ったものを取り戻すためなのだ」

「なるほど」僕は言った。(この説明はたしかに、ものごとに少々異なる視点を与えた)

「それに私は、個人的に」ともうひとりは続けた。「この探究はあまりにも重要な、絶対に欠くべからざるものであるから、続行せざるを得ないと考えている。たとえなにがあろうとも。そうするしかないのだ。君が探すことをやめると決めたのなら——まあ、その場合、われわれはもはや研究仲間ではない。火曜と金曜の面談は——もう行われまい。なんの意味がある? 私は自分の研究を追求し、君は戻って——」漠然と手を動かしてみせる。「なんでも君がしていることをすればいい。むろん私が望んでいるわけではないと強調しておくが、そうするしかない。つまりそれが第二の理由だ」

「えっ！」僕は声をあげた。彼と研究仲間でなくなるとは思いもしなかったのだ。「でも、あなたと協力しあうことは人生最大の楽しみのひとつなのに！」

「わかっているとも」**もうひとり**は言った。「もちろん私も同様に感じている」言葉を切る。「そこで第三の理由を言わなければならない。だが、その前に別の話を聞いてもらう必要がある」彼はじっと探るように僕の顔を見つめた。「これは私が伝えておくべきもっとも重要なことだ。ピラネージ、君がこの知識の探究をやめたいと言ってきたのは、今回が最初ではない。なぜそうすべきではないのか、私が説明したこともだ。われわれがいま話した内容全部だが、すべて前にも話し合ったことがあるのだ」

「僕は……はあ？」僕は言った。度肝を抜かれて目をぱちくりさせる。「なんですって？……まさか。違う。そんなはずがない」

「いや、残念ながらそうなのだよ。いいかね、この迷宮は精神に影響を及ぼす。ものごとを忘れさせるのだ。注意していなければ、全人格を解きほぐされてしまいかねない」

　僕は座ったまままあぜんとした。「われわれは何回このことを話したのですか？」ようやくそう言う。

　**もうひとり**は少し考えた。「今回が三回目だな。パターンがある。君はだいたい十八か月に一回、知識の探究をやめようと思いつくようだ」ちらりと僕の顔を見る。「わかる。わかるとも」

と気の毒そうに言う。「のみこむのは難しいだろう」

「でも、理解できません」僕は抗議した。「僕の記憶力はたしかです。行ったことのある広間は全部憶えていますよ。七千六百七十八室あります」

「君は迷宮に関してならなにひとつ忘れない。だから私の仕事への貢献がこれほど貴重なのだ。しかし、ほかのことは忘れる。そしてむろん、時間を間違える」

「は?」僕は驚いてたずねた。

「時間だ。君はいつでも時間を間違えている」

「どういう意味です?」

「そうだな。曜日や日付を間違えるのだよ」

「間違えませんよ」僕は憤慨した。

「いや、間違える。正直なところ、少々厄介だ。私はいつでも非常に予定がつまっているというのに。会いにくると、またもや君が一日間違えていてどこにも見あたらない。君の時間の認識がずれたときには何度も正さなければならなかった」

「なにとずれるのですか?」

「私とだ。ほかの全員と」

僕は仰天した。その言葉を信じてはいなかった。しかし疑ったわけでもない。どう考えればいいかわからなかった。だが、なにもかも確信が持てないなか、ただひとつはっきりしていること、絶対的に信頼できることがあった。もうひとりが誠実で高潔で勤勉だという事実だ。彼は嘘などつくまい。「ですが、なぜあなたは忘れないのですか?」と訊いてみる。

もうひとりは一瞬ためらった。「私は予防策を講じている」慎重な口ぶりで言う。

「僕もその予防策をとれないでしょうか?」

「いや。だめだ。それはうまくいかないだろう。すまない。理由や原因についてはくわしく話せないが。込み入っているのだよ。いつか説明しよう」

この返事はあまり満足のいくものではなかったが、そのときの僕には追及するだけの気力も精神力もなかった。なにを忘れた可能性があるのか考えるのに忙しかったのだ。

「僕の観点からすると、これはたいそう不安ですね」と言う。「なにか大切なことを忘れていたとしたら? たとえば潮の時刻やパターンとか。溺れてしまうかもしれません」

「いやいやいや」もうひとりがなだめるように言った。「それを心配する必要はない。君はそうした事柄なら決して忘れない。ほんのわずかでも危険があると思えば、君があちこち行くのをほうっておいたりするものか。われわれはもう何年も知り合いで、その間に迷宮に関する君の知識は飛躍的に増加した。実際、驚異的だ。そして、ほかの事柄については、もし重要なことを忘れれば、私が思い出させてやれるとも。しかし、君が忘れる一方、私が憶えているという事実——それがあるからこそ、ふたりの目標を定めるのは絶対に私であるべきなのだ。私だ。君ではなく。知識の探究にこだわるべき理由の三つめはそのことだ。わかるかね?」

「はい。はい。少なくとも……」僕はつかのま黙り込んだ。「考える時間がいります」

「むろん、むろん」ともうひとりは応じた。なぐさめるように肩を叩いてくる。「火曜日にもう一度この件を話し合おう」

立ちあがって空いた台座に近寄り、そこに置いてあるぴかぴかした小型の装置を調べる。「どちらにしろ」と続けた。「私は行かなくては。ここにきてからもう少しで五十五分になる」彼はそれ以上話すことなく向きを変え、第一玄関のほうへ歩き出した。

## 世界はもうひとりの主張を裏付けていない

アホウドリが南西広間群を訪れた年、第六の月二十三日目の記載

世界は（僕の知るかぎり）僕の記憶に空白があるというもうひとりの主張を裏付けていない。

彼が説明しているあいだ――それにそのあとしばらくは――どう考えていいかわからなかった。何回かはパニックに近い感覚をおぼえた。本当に会話の全部を忘れてしまったなどということがありうるのだろうか？

しかし、その日が過ぎていっても、記憶が欠落したというもうひとりの主張を支持する証拠は見つからなかった。僕はせっせと普段通りの日常の仕事をこなした。漁網のひとつを繕（つくろ）い、像の目録に取り組んだ。夕方には第八玄関へ行って下層階段の水にいる魚を獲った。西にかたむいた太陽の光線が下層広間群の窓越しに射し込み、金色の光が波の表面に映って波紋を描く。そのきらめきが階段の天井を横切り、像の顔を照らした。夜が訪れると、僕は月と星々の歌う歌に耳を

すまし、ともに歌った。

世界は完全で無欠に感じられ、その子どもである僕はそこに継ぎ目なくとけこんでいる。憶えているべきことを憶えていなかったり、理解しているべきことを理解していなかったりという切れ目はどこにもない。僕という存在の中で唯一分断された感覚を経験したのは、もうひとりと最後に交わしたあの奇妙な会話だ。したがって自分に問いかけてみるしかない。どちらの記憶が誤っているのだろう？　僕のほうか、彼のほうか？　本当のところ、もうひとりは存在しなかった会話を憶えているのでは？

二種類の記憶。ふたつの明晰な精神が、過去のできごとをそれぞれ違うふうに憶えている。気まずい状況だ。どちらが正しいか言える第三者はいない。（ここに十六人目がいさえすれば！）

僕が時間を間違えたり日付を取り違えたりしているというもうひとりの主張に関しては、どうしてそんなことがありうるのかわからない。使っているカレンダーは僕が考案したものなのに、どうやって向こうが言うように「ずれる」はずがある？　ずれる対象がないのだ。

僕はいま、もうひとりが三週間半前にあのおかしな質問をしてきたのは、そういう理由なのだろうか、と考えている。不思議な言葉が入っていた質問だ。日記のページを戻ると、あの不思議な言葉は「打ち壊す（バタ）・海（シー）」だとわかった。

そしてそのとき、たちまち解決策が浮かんだ！　ただ日記を通読して、なにか食い違いがあるか、もう憶えていないできごとが記録されているかどうかを見つけさえすればいい。そうだ！　そうすれば確実に答えが出る。実際、この思いつきにおける難点は、相当時間がかかるということだけだ――僕の書いた文章は長いので――目下のところ、ほかの計画からそれだけの時間を割く余裕はない。
今後数か月のどこかで日記を読もう、と僕は決心した。それまでは、間違っているのが僕ではなく**もうひとり**の記憶であると想定してことを進めよう。

## 手紙を書く

アホウドリが南西広間群を訪れた年、第六の月二十四日目の記載

以下は、僕が第二南西広間の敷石にチョークで書いた手紙の写しである。

親愛なるもうひとり

大いなる秘密の知識を探究することが真の科学的試みとはすでに思っていませんが、あなたに力を貸し、必要とされるデータを集めることが僕のとるべき道と判断しました。僕が仮説への信頼を失ったからというだけで、あなたの科学的研究が損害を被るのは正しいことではありません。これでご満足いただけるといいのですが。

あなたの友

## もうひとりが十六人目について僕に警告する

### アホウドリが南西広間群を訪れた年、第六の月二十六日目の記載

今朝もうひとりに会いに第二南西広間へ行った。白状すると、面談がどうなるか少々気をもんでいた。心配ごとがあると口数が多くなりがちなので、僕はすぐさま長々と話を始め、敷石にチョークで書いた手紙について、まるっきり無駄な説明をした。

そんなものは関係なかった。途中でもうひとりが聞いていないことに気づいたからだ。うなだれて物思いにふけり、ジャケットのポケットに入れたちっぽけな金属の品をぼんやりとひっくり返している。今日はダークチャコールのスーツに黒いシャツという恰好だった。

「迷宮でほかの誰かに会ってはいないだろうな？」急に相手は口をひらいた。

「ほかの誰か？」と僕。

「ああ」

「誰か新しい人に？」と僕。

「ああ」ともうひとり。

「いいえ」僕は答えた。

もうひとりはじっとこちらの顔を観察した。なんらかの理由で、たったいま僕が口にしたこと

を真実ではないと疑っているかのようだ。それから、力を抜いて言った。「いや。いや。どうしてそんなはずがある？　ここにはわれわれしかいない」

「ええ」僕は同意した。「われわれしかいません」

　短い沈黙があった。

「ただし」僕はつけくわえた。「館のほかの**部分**に別の人々がいれば話は違いますが。あなたも僕もまだ目にしていない**はるか遠くの場所**にね。僕はよくそのことを考えるのですよ。仮説としては、どちらにしても証明できません――いつの日か、人間の活動の証拠に出くわさないかぎりは。ここにいる**死者**によるものと合理的にみなすことのできない証拠に」

「ふうむ」**もうひとり**は言った。またじっと考え込んでいる。

　また沈黙がおりた。

　ふと、そうした証拠にはすでに出くわしているのではないか、という考えが浮かんだ。**第八十八西広間**で見つけた、文字の書いてある紙切れ！　あれはここの**死者**のものかもしれないし、まだわれわれが知らない**誰か**のものかもしれない。そのことについてなにもかも話そうとしていたとき、**もうひとり**がまた口をひらいた。

「いいかね」と言う。「ひとつ約束してほしいのだが」

「もちろんです」と僕。

「もし君が迷宮で誰かに会うようなことがあれば――誰か知らない相手に――その人物に話しかけないようにする、と約束してもらいたい。そのかわり身を隠してくれ。かかわりを持つな。姿を見られてはだめだ」

「えっ、しかしそんなことをしたら、なんという機会が失われるか考えてみてください！」僕は言った。「十六人目はほぼ間違いなく、われわれにはない知識を持っています。世界の遠くの区域について話を聞けるでしょうに」

もうひとりはぽかんとした顔つきになった。「なんだと？　なんの話をしている？　十六人目？」

僕は十三人の死者と生きている人間ふたりのことを説明した。新しい人物が十六人目になる理由もだ。（これは何度も説明している。もうひとりはどうしても、この重要な情報を憶えていられないらしい）

「『十六人目』がいささかわずらわしい名称だというのはその通りです」と伝える。「そのほうがよければ、縮めて『十六』と呼んでもかまいません。僕が言いたいのは、十六がわれわれにはない世界の情報を持っているため……」

「いやいやいやいやいやいや」ともうひとり。「君にはわかっていない。できるかぎりその人物に近づかないでいることは、本当に重要なのだよ」間をおいてから続ける。「なあ、ピラネージ。私はその人物に会ったことがあるのだ。君が『十六』と呼ぶ人物に」

「なんですって？　まさか！」僕は声をあげた。「では、本当に世界には十六人目がいるのですね？　なぜこれまで話してくれなかったのですか？　すばらしいです！　これは実に喜ばしい話ですよ！」

「いや」もうひとりは悲しげに頭をふった。「いや、ピラネージ。このことが君にとって大きな意味があるのは知っているし、こんなことを言わなければならないのは残念なのだがね。これは喜ばしい話ではない。まったく逆だ。その人物――十六――は、私に悪意をいだいている。つまり、その延長で、君に対してもだ」

「ええっ！」と言って僕は黙り込んだ。

なんというういやな知らせだ。もちろん敵意という概念は理解している。互いに格闘している像はたくさんある。だが、直接経験したことはない。ふと頭に浮かんだことがあった――第八十八西広間で拾った紙片の一枚に記されていた〝あの男を殺す〟という言葉だ。あれを書いた人物には敵がいた。

「勘違いしている可能性はないのですか？」僕はたずねた。「もしかしたらすべて誤解かもしれません。十六がきたら僕が話をして、あなたが立派な資質をたくさん持ついい人だと説明できますよ。敵対的な態度には理性的な根拠がないと立証してやれます」

もうひとりは微笑した。「この状況によい面を見出そうとは、なんと君らしいことか、ピラネージ。残念ながら、今回は無理だ。だから十六のことを話したくなかったのだよ。君は十六に話が通じると想像している。だが、あいにくそうではない。十六はわれわれをかたちづくるすべて、君と私が重要であり貴重であると考えているもののすべてに反対しているのだ。それには理性も含まれている。理性は十六が破壊したがっているもののひとつだ」

「なんとひどい！」僕は言った。

「ああ」

われわれはまた黙りこくった。もう言うべきことはなさそうだった。僕は十六の邪悪さを説明されて衝撃を受けていた。

一拍おいてもうひとりは続けた。理性そのものに反対するとは！

「だが、たぶん私は、根拠もなくわれわれふたりにストレスを与えているだけだろう。実際には、十六がここにくる可能性は非常に低い」

「なぜ可能性が低いのですか？」僕はたずねた。

「十六は道を知らないのでな」もうひとりは答えた。こちらに向かってにっこりする。「あまり心配しないことだ」

「がんばってみます」僕は言った。新たな考えがひらめく。「いつ十六に会いました？」

「うん？　ああ、おとといだ」

「十六が住んでいる遠く離れた場所に行ったのですか？　そんなことは前に一度も言いませんでしたね。その場所のことを教えてください！」

「どういう意味かね？」

「あなたは十六に会ったと言ったでしょう。ですが、十六はここへの道を知らないとも言いました。つまり、十六自身の広間群か、少なくともどこか離れた区域で会ったはずということです。びっくりしましたよ、僕と知り合ってから、あなたは長い距離を移動したことがないと思いますが」

もうひとりに笑いかけて答えを待つ。さぞ興味深い返答があるに違いない。

相手はぽかんとしていた。ぽかんとして、ややぎょっとしている様子だった。

長い沈黙が流れた。

「実のところ……」と言いかけてから、口にしようとした内容について気を変えたらしい。「実のところ、われわれがどこで会ったかは重要ではない。それに、いまはそのことをくわしく話している時間がない。私は呼ばれていて……つまり、今日はここにいられない。ただ君に警告したかっただけだ。そら、十六についてな」そしてきびきびとうなずいてみせると、例のぴかぴかした装置をとりあげ、第一玄関のほうへ歩み去った。

「さようなら！」僕は去っていく後ろ姿へ向かって呼びかけた。「さようなら！」

## 僕は十六に関する情報を更新する

アホウドリが南西広間群を訪れた年、第六の月二十七日目の記載

僕はもうひとりが十六に会ったという事実にとても興味を持っている。そのことに関して彼がなにも言いたがらなかったのは実に残念だ。そのときの状況や場所について、もっといろいろ知りたい。だが、もうひとりとしては、悪人と会ったことをじっくり考えたくなかったのだろう。

六週間前日記に書いた内容（〝かつて生きていたことのある人々全員と、その人々について知られていることの一覧〟参照）はいまや古くなっているので、今朝そこにメモを添え、読者をこ

のページに導いておいた。

十六人目

十六人目は館の遠く離れた区域、たぶん北か南に住む。僕はその男に会ったことがないが、もうひとりの説明によれば悪意ある人間であり、理性と科学、幸福に敵意をいだいている。もうひとりは十六がわれわれの平穏な生活を乱すために訪れようとするかもしれないと信じており、万一ここの広間群で十六を見かけることがあれば、隠れたほうがいいと警告した。

## 第一玄関

アホウドリが南西広間群を訪れた年、第七の月初日の記載

今日は第一玄関へ行くことにした。おかしなことだが、そこは僕がめったに行かないところだ。「おかしな」と言ったのは、数年前に広間群の番号をつける方式を決めたとき、ほかのすべてを数えはじめる場所、出発点として選んだのがこの玄関だったからだ。自分のことはよくわかっているので、ここになんらかの強いつながりを感じなければ選ばなかったはずだと思う。それなのに、そのつながりがなんだったのか、もう思い出せない。（もうひとりの言う通りだろうか？僕はものごとを忘れつつあるのか？　それは不愉快な考えだったので払いのけた）

第一玄関は印象的な場所で、大多数の玄関より大きく、もっと薄暗い。ここはおのおのが高さ九メートルほどもある八体の巨大なミノタウロスの像に囲まれている。この像の群れが敷石にのしかかり、巨体で玄関を暗くしている。大きな角が空中に突き立ち、厳粛な獣の表情はなにを考えているのか読み取りがたい。

第一玄関の気温はまわりの広間と異なる。温度が数度低く、どこからか隙間風が吹き込んで、雨と金属、ガソリンのにおいを運んでくる。前に何度もこのことに気づいていたが、どういうわけかそのあとすぐ忘れてしまうようだ。今日はにおいに注意を集中した。いいにおいでも不快でもないが、きわめて興味深い。僕はその道筋を追った。玄関の南側の壁を通りすぎ、南東の隅の両側に立つミノタウロスまでたどりつく。この地点で、あることに気づいた。ふたつの像のあいだの影が、目の錯覚めいた光景を創り出している。その影は後方に長々とのびており、本当にのぞきこんでいるのは、遠くの地点へと続く廊下だ、と想像できそうだ。行きついた先にはぼんやりとした光の点がある。その光の点にはちらちら動くほかの光が含まれている。隙間風もにおいもそこから生じているようだった。かすかな音が耳に届く——一種の振動と、勢いよく動く物音。波のようだが、もっと不規則な響き。

ふいに足音が聞こえ、憤慨した大きな声が続いた。「……こんなことをするために雇われたわけじゃない、だから言ってやったんだ、『冗談を言ってるんだろ。いくらなんでも冗談に決まってるぜ、おい』ってな」

別のもっと陰気な声が言った。「みな恥知らずだ。要するに、そのとき連中の頭になにが浮かんでいるか……」足音は次第に消えていった。

僕は針に刺されたかのように南東の隅からとびすさった。

たったいまなにが起こった？　注意深くもう一度、二体の像に近づき、その隙間をのぞく。いまや影はなんの変哲もないようだった。どうして廊下の形らしく見えるのかはなんとなくわかるが、それだけだ。冷たい隙間風がくるぶしにまとわりついていたし、なおも雨と金属とガソリンのにおいはしたものの、光も音も消え失せていた。

そんなことを考えながら立っていると、からのポテトチップスの袋が四枚、つぎつぎと風に吹かれて敷石を転がってきた。僕はいらいらとうなり声をあげた。この問題は解決したと思っていたのに。ある時期、延々とポテトチップスの袋が第一玄関に散らばっているのを発見していたのだ。からになった細長い魚のフライ（フィッシュフィンガー）の包みやソーセージロールの包装紙もあった。そんなものが館の美しさを損なわないようにと、拾い集めては燃やしたものだ。（ポテトチップスやフィッシュフィンガーやソーセージロールなどを誰が食べたのか知らないが、もっときれい好きならよかったのにと思わずにはいられない！）また、階段の大理石の湾曲部の下で寝袋も発見した。ひどく汚れていて悪臭を放っていたが、徹底的に洗ったおかげで役に立っている。

僕は四枚のポテトチップスの袋を追いかけて拾いあげた。四枚目はポテトチップスの袋などではなかった。くしゃくしゃになった紙切れだった。皺をのばして広げると、次のような文章が書いてあった。

頼んどるのは、おまえさんが話していた像への道順を教えてもらいたいということだけだ――若いリスたちやらほかの生き物やらを指導する老狐の像だ。わしは自分の目で見てみたい。この仕事は難しいわけではなく、充分おまえさんの能力の範疇に収まるはずだ。下の空白に道順を書いておくように。昼食の隣にボールペンを置いた。

温かいうちに食べておけ――ボールペンではなく昼食のことだ。

ローレンス

追伸　マルチビタミンを摂ることを憶えておくようにしてもらいたい。

メッセージの下には受け取った相手が書き込むための大きな余白があったが、まだ真っ白だったので、その人物はまだ手紙の書き手に頼まれた情報を与えていないのだろう。

僕はその紙をとっておきたかった。これは生きていた**人間**がふたりいるという証拠だ。まずローレンスという名の人物、次にローレンスが手紙を書き、昼食とマルチビタミンを提供した人物。だが、そのふたりは誰だろう？　僕はよく考え、どちらかが十六だという可能性をすぐに却下した。**もうひとり**の話では十六はここへの道を知らないし、ローレンスもその友人も、どこかの時点でこの**広間群**をよく知っていたことは明白だ。僕の**死者**の誰かだとしてもおかしくない。だが、別の可能性もある。ふたりが**はるか遠くの広間群**の住人だということだ。ローレンスがまだ生きていて像に関する情報を待っているのなら、この紙を持ち去るのは間違っている。
僕は自分のペンをとりだし、空白に次の文章を書いた。

親愛なるローレンス

雄狐がリス二匹とサテュロス二頭を指導している像は、第四西広間にあります。この場所から西の扉を抜けてください。次の広間では、右側の三番目の扉を通ります。そこは第一北西広間です。南側（左手）の壁に沿って進み、やはり三番目の扉を入ってください。そうすると廊下に出て、そのつきあたりに第四西広間があります。問題の像があるのは北西の隅です。あれは僕もお気に入りのひとつです！

一、あなたが生きているなら、この手紙が見つかって、僕が提供した情報が役に立つといいのですが。もしかしたら、いつかお会いするかもしれませんね。僕はここから北、西、南のどの広間にもいる可能性があります。東の広間群は荒廃しています。

二、あなたが僕の死者のひとりなら（そしてあなたの霊がこの玄関を通りすぎてこの手紙を読むなら）、すでに知っていることを祈りますが、僕は定期的に壁龕や台座を訪問して、食べ物と飲み物を供えています。

三、あなたが死んでいて――でも僕の死者のひとりではないなら――どうか僕が世界を広く旅していることを知ってください。もしあなたの遺骨を見つけることがあったなら、食べ物と飲み物を供えます。生きている者が誰も世話をしていないようだったら、遺骨を集めて僕の広間群に持ち帰りましょう。きちんと整理して、僕の死者と一緒に横たえます。そうすればひとりではなくなるでしょうから。

美しさあふれる館がわれわれふたりを庇護してくださるように。

あなたの友

僕はミノタウロスの一体――玄関の南東の隅にいちばん近いもの――の足もとに紙を置き、小石を載せて重しにした。

# 第三部　預言者

# 預言者

## アホウドリが南西広間群を訪れた年、第七の月二十日目の記載

**第一北東広間**の窓から、巨大な**光**の筋がいくつもおりてきている。そのうち一本の内側には、こちらに背を向けた男が立っていた。みじろぎもせずじっとしている。彼は**像**の並ぶ**壁**を見あげていた。

それは**もうひとり**ではなかった。もっとやせていて、あれほど背が高くない。

十六だ！

あまりにも急に出くわしてしまった。**西の扉**のひとつから入っていったら、そこにいたのだ。

男はふりかえって僕を見た。動かない。無言だった。

僕は逃げなかった。かわりに近づいていった。（そんなことをしたのは間違いかもしれないが、もはや身を隠して**もうひとり**との約束を守るには遅すぎた）

ゆっくりと男の周囲をまわり、よく観察する。相手は老人だった。皮膚はかさかさと薄く、両手の血管が太く盛りあがっている。うるんだ濃い色の大きな目、堂々とした厚ぼったい瞼（まぶた）に弧を描く眉。よく動きそうな長い口は赤くて妙に湿っていた。プリンスオブウェールズ・チェックのスーツを着ている。古いスーツで体にぴったりしているので——古ぼけてすりきれた生地に皺（しわ）が

寄ってたれさがっているが、仕立ては合っている——ずっと細身だったに違いない。

　僕はなぜかがっかりした気分だった。十六は僕のように若いだろうと想像していたのだ。

「こんにちは」と声をかける。

「やあ、ごきげんよう（グッド・アフタヌーン）」男は答えた。どんな声なのか聞いてみたかった。「もし本当に、わしらのいるここが午後（アフタヌーン）だとすればだが。わしにはわからん」横柄でゆったりとした古風な話し方だった。

「あなたは十六だ」僕は言った。「あなたが十六人目ですね」

「なにを言っとるかわからんぞ、若いの」と男。

「世界には生きている人間がふたり、死者が十三人存在しています。そして、いまはあなたも」僕は説明した。

「死者が十三人？　なんとも興味深い！　ここに人の亡骸（なきがら）があるとは聞いたためしがないが。はたして誰なのやら？」

　僕はビスケット缶の男と魚革（ぎょかく）の男、隠された人物、アルコーヴの人々、体を折りまげた子どものことをくわしく話した。

「いやはや、実に途方もない話だ」男は言った。「だが、わしはそのビスケット缶を憶えとる。大学の研究室の隅にある小卓の上に置いてあった。マグカップが並んだ隣にな。どうやってここにきたのだろうな？　まあ、これは言える。おまえさんの十三人の死者のひとりは、ほぼ間違いなく、スタン・オヴェンデンが夢中になっとったあの若い色男のイタリア人だ。名前はなんといったか？」視線をそらしてつかのま考え、肩をすくめる。「いや、忘れた。おそらくもうひとりはオヴェンデン自身だろう。しょっちゅうイタリア人に会いにここへきとったのでな。自分の首を絞めることになるぞと言ってやったが、聞く耳を持たなかった。そら、罪悪感やらなにやらでな。それに、残りの連中のひとりがシルヴィア・ダゴスティーノでも驚きはせんぞ。一九九〇年代前半以降、なにも噂を耳にしとらんからの。このわしが誰かということについてはだ、若いの、『十六』だとおまえさんが判断を下した理由はわかる。しかし違う。ここは魅力的ではあるが……」あたりに視線を走らす。「……長くいるつもりはない。立ち寄っただけだ。おまえさんがここにいると教えてくれた者がいてな。いや」言葉を止める。「その言い方は必ずしも正しくない。おまえさんの身になにかが起きたと考える者がいて、ここにいるという結論に達したのはわしだ。おまえさんの写真を見せてもらい、まあ少々噂になっとったので見に行ってやろうと思ったわけさ。そうしてよかったが。おまえさん、以前は見る価値があったに違いない……あれこれ起こる前にはな。しかたがない！　わしは年を取った。おまえさんのほうはこんな状況に陥った。いまやふたりとも、見る影もない！　だが、当面の問題に戻るとするか。生きている人間がふたり、と言っとったな。もうひとりはキッタリーなのだろうな？」

「キッタリー？」

「ヴァル・キッタリーだ。おまえさんより背が高い。髪も目も黒っぽい。顎ひげがある。色黒だ。そら、母親がスペイン人だからな」

「あなたが言っているのは**もうひとり**のことですか？」僕はたずねた。

「もうひとりのなんだと？」

「もうひとりです。僕ではない人ですよ」

「ほう！　そうか！　なんのことがわかったぞ。あの男には最高の名前だ！　もうひとり。どんな状況であろうとも、永久に『もうひとり』でしかない。ほかの誰かが常に優先する。ずっと第二ヴァイオリンだ。しかも本人はそのことを知っとる。うんざりしとるのさ。なにせあれはわしが教えとった学生のひとりだ。ああ、そうとも。むろんまったくのペテン師だ。どんなにえらぶった知的な態度をとろうが謎めいた鋭い目つきだろうが、あの頭には独創的な考えなどひとつも入っとらん。どの思いつきも受け売りばかりだ」一拍おいてからつけくわえる。「実のところ、あれの思いつきはどれもわしのものだ。わしは同世代でもっとも偉大な学者だった。ひょっとするとあらゆる世代を通じてかもしれん。わしはこれが……」彼は両手を広げたしぐさで広間と館を、あらゆるものを示そうとした。「……存在するという理論を立てた。そして、それは事実だった。わしはここに至る道があるという理論を立てた。その通りだった。そこでわしはこの場所を訪れ、ほかの者も送り込んだ。すべては秘密にしておいた。ほかの者にも他言しないことを誓わせた。わしはもとから、いわゆる倫理観にはさほど興味を持っとらんが、文明の崩壊をもたらすことには一線を引く。ことによると、それが間違いだったかもしれん。わからんな。わしにはどうも、いくぶん感傷的な面があってな」

男は僕をみすえた。なかば伏せた瞼の下で、片目が意地悪そうに光った。

「わしらはみな、最終的に悲惨な代償を払った。わしの代償は牢屋だった。ああ、そうだとも。聞くと衝撃を受けるだろう。なにもかも誤解のせいだと言えればよかろうが、わしの行為だと言われたことはすべて実際にやったのでな。腹蔵なく言えば、ほかにも連中が決して知らんようなことを山ほどやってのけたのさ。とはいえ――知っとったかね？――わしはむしろ牢屋が気に入っとった。実に興味をそそられる人々と会うものでな」少し間をおく。「この世界がどうやって創られたか、キッタリーはおまえさんに教えたかね？」と訊かれた。

「いいえ」

「知りたいかな？」

「とても知りたいです」僕は言った。

　相手は僕の興味に満足したようだった。「では教えてやろう。始まりはわしが若いころだった。わしは昔から同輩よりはるかに優秀でな。はじめて大いなる洞察を得たのは、人類がいかに多くを失ったかということに気づいたときだ。かつては男も女も鷲に姿を変え、長大な距離を飛ぶことができた。人は川や山と親しく語り合い、智慧（ちえ）を授かった。おのれの心の中で星々の回転を感じとった。わしの同世代はこのことを理解しなかった。連中はみな、進歩という考えの虜（とりこ）になり、新しければなんでも古いものにまさるに違いないと信じた。まるで利点とは時系列の働きであるかのようにな！　しかし、古代人の智慧がただ消えてしまったはずはない、とわしには思われた。ただ消えてしまうものなどありはせん。そんなことは実際には不可能だ。わしはそれを世界から流れ出てゆく一種のエネルギーとして想像し、そのエネルギーはどこかへ行くはずだと考えた。そのときだ、ほかの場所、ほかの世界があるに違いないと気づいたのは。そこで、そうした場所を見つけることにとりかかった」

「それで、なにか見つかりましたか？」僕はたずねた。

「見つけたとも。この世界を発見した。ここはわしが**分流世界**と呼ぶものだ――別の世界から流れ出す考えによって創造される。まずその別の世界が存在せんかぎり、この世界は存在しとらんはずだ。ここがいまでもなお、第一の世界の存続に依存しとるのかどうかはわからん。こういったことはすべてわしの著書に書いてある。読んだことはなさそうだな？」

「はい」

「残念だ。実によい本なのだがな。おまえさんなら気に入るだろう」

その老人が話しているあいだじゅう、僕は非常に注意して耳をかたむけ、相手が誰なのか理解しようと努めていた。本人は十六ではないと言ったが、それ以上の証拠もなく信じるほど僕も甘くはない。**もうひとり**によれば十六は悪意を持っているはずだから、素性について嘘をつくこともありうる。だが、老人の話が続くにつれ、本当のことを言っているのだろうという確信がどんどん強まってきた。この人は十六ではない。根拠はこうだ。**もうひとり**は十六を**理性**と**科学的発見**に反対していると説明した。目の前の老人にその説明は合致しない。この人はわれわれにおとらず科学に熱意をいだいている。**世界**がどのように創られたか知っており、その知識を熱心に僕に伝えようとしているのだ。

「どうかね」彼は言った。「キッタリーはまだ古代人の智慧がここにあると思っとるのか？」

「**大いなる秘密の知識**のことでしょうか？」

「まさにそれだ」

「そうです」

「そして、まだ探しとるのか？」

「はい」

「実に愉快だ」と老人。「あれが見つけることは決してあるまいて。ここにはないのだ。そんなものは存在しとらん」

「僕もそうではないかと考えはじめていました」僕は言った。

「では、おまえさんはあの男よりずっと頭が切れるな。あの知識がここに隠されとるという思いつき——その発想も、残念ながらあれはわしから得たのだろう。この世界を目にする前、ここを創造した知識はまだどうにか残っとるのではないか、とわしは思っとった。そこいらに転がっとって、いつでも拾いあげて自分のものにできるのではないかとな。むろん、ここにきたとたん、それがどんなにばかげた考えだったか悟った。地下を流れる水を想像してみるがいい。くる年もくる年も同じ亀裂を流れ続け、石をすりへらしてゆく。数千年後に洞窟ができる。だが、もともと洞窟を作った水はそこにはない。ずっと前に消え去っとるのさ。じわじわと地面にしみこんでな。それと同じことだ。しかし、キッタリーはうぬぼれ屋でな。常に有用性の観点から考える。自分に利用できんものが存在することなど思いもつかんのさ」

「像があるのはそのためですか？」僕はたずねた。

「像があるのはなんのためだと？」

「像が存在するのは、もうひとつの世界からここに流れてきた考えや知識を具現しているからですか？」

「おお！　それは考えてみたことがなかった！」老人は喜んで言った。「なんと賢明な見解だ。うむ、そうだ！　実にありそうなことだと思うぞ！　ことによると、こうしてわしらが会話を交わすあいだにも、迷宮のどこか遠く離れた地域で、廃れたコンピューターの像が発生しとるかもしれん！」言葉を切る。「わしは長くはとどまれんのだ。この場所に長居することの結果はいやというほど承知しとる。記憶喪失、完全な精神の崩壊、その他もろもろ。もっとも、おまえさんは驚くほど理路整然としとると言わねばならんな。気の毒なジェームズ・リッターは、おしまいには一文もまともにつなぎあわせることができん始末だった。ここにいた期間はおまえさんの半分もなかったというのにな。いや、わしがここにきておまえさんに伝えようと思ったのはこれだ」老人は冷たく骨ばったかさかさの手で僕の手をつかんだ。そのままぐっと引き寄せる。紙とインクのにおいに加え、菫とアニシードが絶妙に調和した香水の香りがして、その下に、ほのかだがまぎれもなく不潔な、糞便に近いような悪臭が漂った。「おまえさんを捜しとる者がいる」

「十六ですか？」僕は訊いた。

「それはなんのことだったたか、もう一度教えてくれ」

「**十六人目**です」

老人は片側に頭をかたむけて考え込んだ。「ふう――む……うむ。なぜいけない？　それが実際に『十六』だということにしよう」

「でも、十六は**もうひとり**を捜していると思っていましたが」僕は言った。「十六は**もうひとり**

の敵です。**もうひとり**はそう言っていました」

「もうひとり……？　おお、そうか、キッタリーか！　いや、違う！　十六はキッタリーを捜しとるわけではない。あの男がうぬぼれ屋だと言った意味がわかるだろうが？　なんでもかんでも自分のことだと思っとる。いや、十六が捜しとるのはおまえさんだ。わしにおまえさんを見つけてくれと頼んできたのさ。さて、とくに十六の頼みを叶えてやりたいわけではないが――そもそも、誰の頼みもとりたてて聞き入れたいとは思っとらん――キッタリーを困らせてやるということなら大賛成だ。わしはあの男が大嫌いでな。あれはこの二十五年というもの、聞く耳を持つ者なら誰にでもわしの悪口を吹き込んできた。そういうわけで、十六がここに到達できるよう、しっかり道順を教えてやるつもりだ。詳細な指示を与えてな」

「どうかそんなことはしないでください」僕は言った。「**もうひとり**の話では、十六は悪意ある人物だそうです」

「悪意ある？　わしならそうは言わんな。たいていの人間と変わらん程度だ。いや、すまんが十六には道を教えねばならん。わしは騒ぎを起こしたいが、そのためには十六をここに送り込むのがいちばんでな。むろん、十六が決してたどりつかないという可能性は常にある――正直なところ、きわめて大きな可能性だ。誰かが道を示してやらんかぎり、ほとんどの人間はここを訪れることができん。実際、なんとかやってのけたのは――わし自身をのぞけば――シルヴィア・ダゴスティーノただひとりだ。あの娘には、いってみれば狭間に入り込む才能があるようだった。キッタリーのほうは、わしが数え切れないほどやってみせたあとでさえ、まったくひどいものでな。

装備なしでは絶対にたどりつけなかったに違いない――蝋燭（ろうそく）だのドア代わりの垂直材だの儀式だの、ありとあらゆるばかばかしいしろものだ。まあ、あの男に連れてこられたとき、全部まとめて見ただろうが。対してシルヴィアは、どんなときでもあっさりと消えることができた。姿が見えたかと思えば見えなくなる。動物の中にはそんなふうに器用なのがいるがな。猫。鳥。一九八〇年代初期には、いつでも道を見つけられるオマキザルを飼っとったものだ。わしは十六に道を教えるつもりだが、あとは十六にどれだけ才能があるかにかかっとる。憶えておく必要があるのは、キッタリーが十六を恐れとるということだ。十六が接近すればするほどキッタリーは危険になる。正直、なんらかの暴力に訴えたとしてもまったく驚かんよ。おまえさん、あの男を殺すなりなんなりして、その危険を防ぎ（ヘッド・オフ）たくなるかもしれんな」（老人は「オフ」を「オーフ」と発音した）彼はこちらに向かってにっこりした。「さて、わしは行く」と言う。「もう会うことはあるまい」

「では、道中ご無事で」僕は言った。「あなたの歩む床が壊れることなく続き、目には館の美しさが満ちあふれますように」

老人はつかのま黙った。僕の顔をじっとながめているようだったが、やがて最後になにか思いついたらしい。「以前頼まれたとき、会うのを断ったことは後悔しとらん。おまえさんが書いてよこしたあの手紙ときたら。思いあがったこせがれめと考えたものさ。おそらく当時はそうだったのだろうな。だがいまは……魅力的だ。実に魅力的だ」

彼は敷石に無造作に置いてあったレインコートをとりあげた。それから、悠揚（ゆうよう）迫らぬ態度で第二東広間に続く扉へと歩いていった。

## 僕は預言者の言葉を考察する
### アホウドリが南西広間群を訪れた年、第七の月二十一日目の記載

当然のことながら、僕は思いがけないこの出会いにとても昂奮していた。ただちにこの日記をとりに行き、なにもかも書き留めた。記載の見出しは〝預言者〟とした。きっと預言者だったに違いないからだ。彼は世界の創造を説明し、ほかにも預言者しか知るはずのない事柄を話してくれた。

僕は時間をかけて、老人の話した内容を注意深く調べてみた。わからない事柄がたくさんあったが、これは預言者たちにはよくあることだろう。彼らの精神は実に偉大で、その思考は奇妙な道筋をたどるものだから。

〝長くいるつもりはない。立ち寄っただけだ〟

この言葉からは、彼がはるか遠くの広間群に居住していること、短時間で戻ろうとしていたことがわかった。

〝「十六」だとおまえさんが判断を下した理由はわかる。しかし違う〟

この発言は真実だと僕はすでに断じている。もしかすると（勝手に仮説を立ててみた）預言者

は、僕の広間群に居住していた十五人を一組の人々として数えるべきだと信じていたのかもしれない。はるか遠くの広間群には別の一団がおり、自分はその一員とみなされるべきだと。彼の属する人々の中では、三人目ないし十人目である可能性もある。ひょっとすると七十五人目というような、くらくらするほど大きな数なのかもしれない！

しかし、いくらなんでも空想めいた話へと脱線してしまった。

〝わしはこの場所を訪れ、ほかの者も送り込んだ〟

僕の死者のうち何人かを送ってよこしたのが預言者だった、ということがありうるだろうか？魚革の男や体を折りまげた子どもを？　これは完全に憶測だった。預言者の発言にはよくあるように、さしあたって解明できないままだ。

〝わしらはみな、最終的に悲惨な代償を払った。わしの代償は牢屋だった〟

これについてはさっぱりわからない。

〝……あの若い色男のイタリア人……スタン・オヴェンデン……シルヴィア・ダゴスティーノ……気の毒なジェームズ・リッター……〟

預言者は四つの名前を口にした。いや、より正確に言えば、三つの名前と呼び方（「あの若い色男のイタリア人」）だ。おかげで世界に関する僕の知識が大いに補強された。これしか聞かなかったとしても、貴重な情報だっただろう。預言者は名前の三つが死者のものだとほのめかした（スタン・オヴェンデン、シルヴィア・ダゴスティーノ、そして「あの若い色男のイタリア人」）。「気の毒なジェームズ・リッター」の状況ははっきりしない。預言者は彼を死者のうちに入れるべきだというつもりだったのだろうか？　それとも、はるか遠くの広間群にいる預言者の仲間のひとりだったのか？　僕にはわからない。

実にたくさんの疑問だ！　訊いておけばよかったと思うことが多すぎる。だが、僕は自分を咎めなかった。預言者はあんなに唐突に現れたのだ。まったくの不意打ちだった。いまようやく、与えられた情報をひとり静かに処理することができる。

〝……キッタリーはまだ古代人の智慧がここにあると思っとるのか？……あれが見つけることは決してあるまいて。ここにはないのだ。そんなものは存在しとらん〟

僕が正しかったと認めてもらえてうれしかった。少々うぬぼれているかもしれないが、喜ばずにはいられない。これからの研究や、もうひとりとの協力がどうなるかということについては、まだ決めていなかった。

預言者が話した多くのことから考えて、彼が過去にもうひとりと知り合いだったのは明白だ。預言者はもうひとりを「キッタリー」と呼び、教え子だったと言った。それなのにもうひとりは預言者について口にしたことがない。世界に存在する十五名の人々について何度か話したが、一度も「十五というのは間違いだ！　あとひとり知っている！」とは言われなかった。それは奇妙なことだ（彼が機会さえあれば僕に反論したがることを考慮すれば、なおさら）。だが、もうひとりはもともと、いままで生きていた人間の数を発見することに興味を持っていなかった。われわれの科学的興味が分かれている領域のひとつだ。

〝十六が接近すればするほどキッタリーは危険になる〟

もうひとりがほんのわずかでも暴力的な傾向を示したところは見たことがない。

〝おまえさん、あの男を殺すなりなんなりして、その危険を防ぎたくなるかもしれんな〟

一方で、預言者はあきらかに暴力的な人物だ。

〝以前頼まれたとき、会うことを断ったことは後悔しとらん。おまえさんが書いてよこしたあの手紙ときたら。思いあがったこせがれめと考えたものさ。おそらく当時はそうだったのだろうな〟

預言者の台詞の中で、これがいちばん不可解だった。彼に手紙を書いたことなどない。そもそも存在していること自体、きのう発見したばかりだというのに、どうしてそんな真似ができる？ もしかしたら死者のひとりが手紙を書いたのかもしれない——スタン・オヴェンデンか気の毒なジェームズ・リッターが——そして預言者はその人物と僕を混同しているのだろう。あるいは、そもそも預言者というものは、ほかの人々と違うふうに時間をとらえているのかもしれない。そのうち彼に手紙を書いてみようか。

## もうひとりは、僕を殺すことが正当だという状況を説明する

アホウドリが南西広間群を訪れた年、第七の月二十四日目の記載

言うまでもなく、僕はもうひとりに預言者と会ったことをすっかり打ち明けたくてうずうずしていた。なるべく早く、預言者がこの広間群への道を十六に教えるつもりでいると知らせなくて

は。金曜日（預言者に会った日）から今日（もうひとりに会う予定の日）まで、あらゆる場所でもうひとりを捜したが、見つからなかった。

今朝僕は第二南西広間に入っていった。もうひとりはすでにそこにいて、いささか動揺している様子なのがすぐに見てとれた。両手をポケットに突っ込み、怒りを抑えた険悪な顔をして行ったりきたりしている。

「大切な話があるのですが」僕は言った。

彼は片手でその発言を払いのけるしぐさをした。「それはあとだ」と言う。「君と話をする必要がある。二十二について君に伝えていないことがあるのだ」

「誰です？」と僕。

「私の敵だ」ともうひとり。「ここにきそうな人物だ」

「十六のことですか？」

間があった。

「ああ、うむ。そうだ。十六。君がつける妙な名前はどうもきちんと憶えていられなくてな。ともかく、十六について君に伝えていないことがある。十六が本当に興味を持っているのは君なのだ」

「そうなんです！」僕は叫んだ。「どういうわけか僕はもう知っているんです。ほら……」

しかしもうひとりにさえぎられた。「もし十六がここにきたら」と言う。「いまではそれが現実になりそうだと考えはじめているが――その場合、十六が捜しているのは君だ」

「はい、わかっています。ただ……」

**もうひとり**は頭をふった。「ピラネージ！　聞きたまえ！　十六は君にいろいろ言いたがるだろう——いろいろと君には理解できないことを。だが、そんなことが起きたら、君が十六に話しかけられることを受け入れてしまったら、その言葉はおそるべき影響を及ぼす。十六が言うことに耳をかたむければ、結果は悲惨なものになる。狂気。恐怖だ。私は以前にもそうなったのを見ている。十六は話しかけるだけで君の思考をばらばらにしてしまえる。目にするものすべてを疑うように仕向けることができる。君に私を疑わせることが可能なのだ」

僕は愕然とした。それほどの邪悪さは想像したこともなかった。おそろしい。「どうやったら身を守れますか？」とたずねる。

「すでに話したようにすればいい。隠れることだ。十六に姿を見せるな。なによりも、十六の言葉に耳を貸してはいけない。そのことがいかに重要か、強調しすぎることはない。君がとくにこの……この十六が持つ力に弱いことはわかってもらわなければ。ただでさえ精神的に不安定だからな」

「精神的に不安定？」僕は言った。「どういう意味です？」

**もうひとり**の顔をちらりと苛立ちがよぎった。「言っただろう」と指摘する。「君はものごとを忘れる。同じことを繰り返す。一週間前にそのことを話した。もう忘れたとは言わないでくれたまえ」

「いえいえ」僕は言った。「忘れていませんよ」記憶に問題があるのは僕ではなく**もうひとり**だという見解を伝えるべきか悩んだものの、あれこれ考えると、いまはそのときではないような気がした。

「さて、では」もうひとりは言った。溜め息をつく。「まだある。ほかにも話さなければならないことがあるのだが、君におとらず私にとってもつらいことなのだと理解してもらいたい。もし君が十六の言うことに耳をかたむけてしまい、あの狂気の影響を受けたと判明したら、私は危険にさらされる。それはわかるな？　君が私を攻撃してくるかもしれない。実際、そうなる可能性がきわめて高い。十六はほぼ確実に、君を操って私に危害を加えるだろう」

「あなたに危害を？」

「ああ」

「なんとひどい」

「まさしく。そのうえ、人間としての尊厳という問題がある。君はそんなに堕落し錯乱した状態に置かれるのだ。実に屈辱的だろう。そんな状況を続けたいとはとうてい思えないが、どうかね？」

「はい」と僕。「そうですね、続けたくないと思います」

「では」もうひとりは言い、深々と息を吸い込んだ。「そうなった場合、つまり君が正気を失ったとわかったら、殺してやるのがいちばんだと思う。われわれふたりのために」

「えっ！」僕は声をあげた。これはかなり予想外だった。

短い沈黙が流れた。

「ですが、ひょっとすると、時間と手間をかければ回復するのでは？」と提案してみる。

「その可能性は低い」ともうひとり。「それにどのみち、私は本当にそんな危険を冒すわけにはいかないのでな」

「ああ」と僕。

さらに長い沈黙があった。

「どうやって僕を殺すのですか？」と訊いてみた。

「それは知りたくないだろう」という返事だった。

「そうですね。知りたくない気がします」

「そんなふうに考えるな、ピラネージ。私が言った通りにしたまえ。なんとしても十六を避けるのだ、そうすれば問題は起きない」

「どうしてあなたは正気を失わないのですか？」僕はたずねた。

「なんだと？」

「あなたは十六と話したでしょう。どうして頭がおかしくならなかったのです？」

「前に言った。身を守る方法があるのだ。それに」残念そうに口もとをゆがめる。「私が完全に影響を受けないわけではない。いま間違いなく、あらゆるものに対して半狂乱になっている」

われわれはまた黙り込んだ。思うにどちらもショック状態だったのではないだろうか。それから、もうひとりはいくぶんむりやり笑顔を作り、少しでも普段通りに見せようと努めた。ふとなにか思いついたらしい。「どうして君は知っていたのかね？」と訊く。

「なにをですか?」と僕。

「さっき言った……言っていたような気がしたのだが。十六が君を捜していることをすでに知っていたのだろう。具体的に君をだ。だが、なぜそんなはずがある? どうしてそのことを知っていたのかね?」その顔つきから、**もうひとり**がなんとか疑問を解こうとしているのが見てとれた。

いまこそ**預言者**のことを話すときだ。喉もとまで出かかっていた。僕は躊躇した。そして言った。「啓示があったのです。**館**から。僕がどんなふうにそうした啓示を受けているか知っているでしょう?」

「ああ。うむ。あれか。それで、君が私に話したかったこととは? なにか大切な話があると言ったが」

また短い間があった。

「蛸が一匹、**第十八玄関**から行ける**下層広間群**で泳いでいるのを見まして」と僕。

「ほう」と**もうひとり**。「そうか? よかったな」

「よかったです」僕は同意した。

**もうひとり**は深く息を吸った。「そういうわけだ! 十六には近づくな! そして、正気を失わないようにしたまえ」こちらにほほえみかける。

「僕は十六には近づかないとお考えになっていいですよ」僕は答えた。「それに正気を失ったりしません」

**もうひとり**は僕の肩を叩いた。「すばらしい」

## 特定の状況下においては僕を殺すかもしれない、というもうひとりの宣言に対する僕の反応

### アホウドリが南西広間群を訪れた年、第七の月二十五日目の記載

運がよかった、あぶなかった！　もう少しで**もうひとり**に預言者のことを話すところだった！　話していれば彼（**もうひとり**）はこう言っただろう。「なぜ、しないと約束したのに未知の人物に話しかけたのかね？　相手が十六かもしれないとは思わなかったのか？」

そうしたら僕はどう答えていた？　実際、話しかけたときには相手が十六だと思っていたのだから。**もうひとり**への約束を破っているのは事実だ。言い訳のしようがない。打ち明けなかったことを館に感謝しなくては！　よくても信頼できないやつだと思われただろう。最悪の場合、僕を殺そうという思いがいっそう強まったのではないか。

それでも、考えずにはいられなかった。立場が逆で、十六に脅かされているのが**もうひとり**の正気だったら、僕はあんなに急いで殺すという手段にとびつきはしない――その考えは僕にとっていまわしいものだ。当然、まずほかの手立てを試しただろう。たとえば狂気を治療する方法を見つけるというふうな。だが、**もうひとり**は少々融通のきかない性格をしている。欠点とまでは言わないが、あきらかな傾向だ。

# 十六の訪れを予想して、僕は外見を変える

## アホウドリが南西広間群を訪れた年、第八の月初日の記載

いま僕は十六から隠れる練習をしている。

〝想像してみろ、(と自分に言い聞かせる) 第二十三南東広間で誰か——十六——を目にした!

さあ、身を隠せ!〟

続いて音をたてずにすばやく走り、二体の像のあいだの隙間に飛び込む。自分の体をそこに押しつけ、声を出さず身動きもしないままでいる。きのう、餌になる小型の鳥を探して、ノスリが僕の隠れているこの広間に舞い込んできた。ノスリは広間をひとまわりして、星図を作っている男と少年の像に止まった。そこに三十分間とどまっていたが、僕がいることには気づかなかった。

僕の服は偽装にぴったりだ。もっと若いころ、シャツとズボンは違う色だった。青、黒、白、グレー、オリーヴグリーン。一枚のシャツはとてもきれいなチェリーレッドだった。だがどれも色があせて名残だけになっている。いまでは全部、地味で目立たないグレーで、大理石の像の灰色と白にとけこんでいる。

とはいえ、髪は別の問題だ。何年ものあいだにのびたので、見つけたり作ったりしたきれいなものを髪に組み込んでいる。貝殻、珊瑚(さんご)玉、真珠(しんじゅ)、ちっぽけな丸石やおもしろい魚の骨などだ。

こうした小さな飾りの多くは、目を引く色合いできらきら光っている。歩いたり走ったりするとそろってカラカラ鳴る。そこで先週、午後いっぱいかけて全部とりはずした。楽な作業ではなく、痛かったときもあった。外した飾りは、前に僕の靴が入っていた蛸の絵の美しい箱に収納した。十六が本人の広間群に帰ったらもとに戻そう――あれがないと、妙にむきだしになっている気がする。

## 索引

アホウドリが南西広間群を訪れた年、第八の月八日目の記載

僕は一週間おきぐらいに日記に記入した内容に索引をつけることにしている。すぐに索引をつけるよりそのほうが効率的だとわかったからだ。しばらく時間をおくと、一時的なものから重要事項を分けるのがもっと簡単になる。

今朝は日記と索引を持ち、第二北広間の敷石にあぐらをかいて座った。この前この仕事を行ってから、ずいぶんたくさんのことが起こった。

僕は索引に記入した。

預言者の出現　日記ＮＯ．10、148〜152ページ

もう一項目記入する。

十六の到来に関する預言　日記ＮＯ．10、151～152ページ

それから預言者が死者の身許について話していたことを読み返し、こう記入した。

死者数人の仮の名称　日記ＮＯ．10、149、152ページ

それぞれの名前に関して記入を始める。「Ｉ」の項目に書いた。

イタリア人、若い、色男　日記ＮＯ．10、149ページ

スタン・オヴェンデンの名前を（Ｏの項目に）半分ほど書いたところで、少し上にある記載に目が留まった。

オヴェンデン、スタンリー、ローレンス・アーン＝セイルズの教え子　日記ＮＯ．21、154ページ。マウリツィオ・ジュッサーニの失踪、日記ＮＯ．21、186～187ページも参照。

愕然とした。ここにある。スタンリー・オヴェンデン。すでに索引に載っている。それなのに預言者が口にしたとき、その名前にはまるで聞き覚えがなかった。

僕はもう一度索引の記載を読んだ。

そこでためらう。その部分を見ながら、ここでなにか非常におかしなことが起きているとわかっていた。だが、おかしなことというのがあまりにも異様で、どうにも理解しがたく、筋道を立てて考えることが難しかった。異様さが目には見えても、頭で考えられない。

日記ＮＯ．21。

僕は日記ＮＯ．21と書いた。いったいなぜそんなことを？　まるでわけがわからない。いま書いている日記は（前述したように）日記ＮＯ．10だ。日記ＮＯ．21などというものはない。日記ＮＯ．21が存在したはずがない。これはどういう意味だ？

僕はページの残りに目を走らせた。Ｏの項目の記載の大半はもうひとり(the Other)に関するものだった。やたらに多かったが、自分をのぞいて唯一の人間だということを考えれば、当然のことだ——もちろん預言者と十六もいるが、そのふたりについて知っていることはほとんどない。以前の記載にほかの見出しもあった。スタンリー・オヴェンデンと同様におかしな内容だ。そうした記載に焦点を合わせると、さっきと同様、見たものを認識するのに抵抗を感じた。それでも僕は強引に視線をすえ、むりやり考えようとした。

オークニー、二〇〇二年夏の計画　日記NO．3、11〜15、20〜28ページ
オークニー、遺跡発掘作業　日記NO．3、30〜39、47〜51ページ
オークニー、ネス・オブ・ブロッガー遺跡　日記NO．3、40〜47ページ
観察の不確実性　日記NO．5、134〜135ページ
オキーフ、ジョージア、展示　日記NO．11、91〜95ページ
アウトサイダー哲学、R・D・レイン参照
アウトサイダー哲学　日記NO．17、19〜32ページ。J・W・ダン（継起説）、オーウェン・バーフィールド、ルドルフ・シュタイナーも参照
アウトサイダーの思考、異なる知識体系や信念体系がそれらをどのように扱っているか　日記NO．18、42〜57ページ
アウトサイダー文学、二次創作物を参照
『アウトサイダー』、コリン・ウィルソン　日記NO．20、46〜51ページ
アウトサイダー数学　日記NO．21、40〜44ページ。シュリニヴァーサ・ラマヌジャンも参照。
アウトサイダー・アート　日記NO．21、79〜86ページ

ここにも存在しない日記への言及がある！　日記NO．11、17、18、20だ。日記NO．3と5はもちろん存在するから、そちらの記載は妥当だ。ただし……ただし……見れば見るほど、この記載は僕の日記NO．3と5に言及しているのではなく、別のものについて言っているのではない

かという気がした。これは見覚えのないペンで書かれている。インクがもっと薄くて水っぽく、僕が持っているどのペンよりペン先が太い。これに加えて、文字自体のこともある。僕の筆跡だが――その点は間違いない――現在の書き方とは微妙に違う。もう少しまるみがあって横長だ――つまり、もっと若い字だった。

僕は北東の隅に行き、薔薇の茂みに囚われた天使の像によじ登った。茶色い革のメッセンジャーバッグをとりだす。そこから日記を全部ひっぱりだした。九冊ある。九冊だけだ。この瞬間までなぜか見落としていたほかの二十冊は見つからなかった。

慎重に日記を調べ、表紙とそこに書いてある数字にとりわけ注意を払う。日記は黒色で、それぞれ背の下のほうに白のゲルインクボールペンで番号がふってある。驚くべきことに、最初の三冊はもともと違う番号がついていたことが判明した。21、22、23という番号だったが、誰かが最初の数「2」を線で消し、1、2、3に変えている。完全には消えていなかったので（ゲルインクは除去するのが難しい）、まだ「2」の形がうっすらと見分けられた。

僕はしばらく座ったままこの事実を解き明かそうとしたが、さっぱり理解できなかった。

もし日記NO．1（僕の日記NO．1）が本来日記NO．21だったのだとすれば、スタンリー・オヴェンデンの記載が二か所あるはずだ。日記をとりあげてひらき、一五四ページをめくる。あった。その記載は二〇一二年一月二十二日の日付になっていた。見出しは次のようになっている。

〝スタンリー・オヴェンデンの経歴〟

スタンリー・オヴェンデン。一九五八年イングランド・ノッティンガム生まれ。父、エドワード・フランシス・オヴェンデン、菓子店主。母の名と職業は不詳。バーミンガム大学で数学を専攻。一九八一年大学院に進学。同年ローレンス・アーン＝セイルズの有名な講義のひとつ、「忘れ去られたもの、境界にあるもの、超越したもの、神」を受講。その後まもなくオヴェンデンは数学を打ち切り、マンチェスター大学でアーン＝セイルズの指導のもと人類学の博士課程に入学。

最初の記載はここで終わっていたので、次に一八六ページをひらくと、次のような見出しの記載があった。〝マウリツィオ・ジュッサーニの失踪〟

一九八七年の夏、ローレンス・アーン＝セイルズは、ペルージャから二十キロのカザレ・デル・ピーノと呼ばれる農家を借りた。いちばんお気に入りの学生たち（取り巻き）が同行した。オヴェンデン、バナーマン、ヒューズ、キッタリー、そしてダゴスティーノである。グループの中で緊張が見られはじめていた。アーン＝セイルズは、発言者があきらかに自分の「偉大な実験」に充分傾倒していないと思われる意見や質問に敏感になった。疑問を示そうものなら、あらゆる個人的・学問的欠陥を徹底的にほじくり返された。そのためグループの大半は如才なく沈黙を保っていたが、他人の性格に関してかなり鈍感だったスタンリー・オヴェンデンは、自分たちが行っていることに疑いを示し続けた。ターリ・ヒューズがアーン＝セイルズに対してオヴェンデンをかばったときには、彼女もまた癇癪をぶつけられる対象となった。カザレ・デル・ピーノの雰囲気は次第にぴりぴりしていき、結果としてオヴェンデンとヒューズはどんどんほかから離れて過ごすようになった。ふたりはペルージャ大学で哲学を学んでいたマウリツィオ・ジュッサーニという若者と親しくなった。アーン＝セイルズはこの新たな友情を大いに警戒したように見えた。

七月二十六日の夕方、アーン＝セイルズはジュッサーニと婚約者のエレナ・マリエッティをカザレ・デル・ピーノのディナーパーティーに招待した。ディナーのあいだ、アーン＝セイルズは別の世界（建築物と海がまじりあっている場所）について語り、なぜそこに行くことが可能なのか話した。エレナ・マリエッティは、アーン＝セイルズが隠喩として語っているか、オルダス・ハクスリーの幻覚剤の経験のようなものを説明しているのだろうと考えた。

マリエッティには翌日仕事があった。（ジュッサーニと同じく大学院生だったが、夏のあいだペルージャにある父親の法律事務所のパラリーガルとして働いていた）十一時ごろおやすみなさいと挨拶して車に乗り、家に帰って寝た。ほかの皆はまだ話していた。英国人たちは、誰かひとりがジュッサーニを車で送っていくと約束した。

マウリツィオ・ジュッサーニは二度と姿を現さなかった。アーン＝セイルズは、マリエッティが立ち去ったあとまもなく寝たので、なにがあったのかまったく知らないと主張した。残りの者（オヴェンデン、バナーマン、ヒューズ、キッタリー、ダゴスティーノ）は、ジュッサーニが送るという申し出を断り、真夜中過ぎに家まで徒歩で帰りはじめたと言った。（その晩は

月明かりがあり暖かかった。ジュッサーニは三キロほど離れたところに住んでいた）
しかしながら、十年後、アーン＝セイルズが別の若者の誘拐によって有罪を宣告されたさい、イタリア警察はジュッサーニの失踪事件の捜査を再開した……。

僕は読むのをやめ、呼吸を荒げて立ちあがった。**日記**を遠くへほうりなげたくてたまらなかった。ページに書かれた単語（僕自身の筆跡で！）は言葉らしく見えたが、一方で無意味だとわかっていた。こんなのはばかげている、でたらめだ！「バーミンガム」だの「ペルージャ」だのという言葉にいったいどんな意味があるというのか？　意味などない。**世界**にそんな単語に該当するものは存在しない。

結局**もうひとり**は正しかった。僕は多くのことを忘れていた！　さらに悪いことに、僕が正気を失ったら殺すと**もうひとり**が宣言した、まさにその時点で、すでに頭がおかしくなっていたことを発見したとは！　あるいは、いま正気を保っているとしたら、きっと過去におかしくなっていたに違いない。僕はこれを記入したとき錯乱していたのだ！

僕は**日記**をほうりなげなかった。**敷石**の上に落としてその場を去った。この狂気の証拠と**自分**のあいだに物理的な距離をおきたかったからだ。あの無意味な単語――ペルージャ、ノッティンガム、大学――が頭にこだまする。精神に強い圧迫感をおぼえた。半分しかまとまっていない考えが意識の中にどっと押し寄せようとしており、そのせいでさらなる狂気か、もしくは理解が訪れるのではないかという気がしたのだ。

いくつかの広間を足早に通りすぎていく。どこへ行くのか知ろうとも気にかけようともしなかった。とつぜん、正面にファウヌスの像が見えた。ほかのどれよりも好きな像だ。かすかなほほえみを浮かべたおだやかな顔。そっと唇に押しつけた人差し指。以前はいつも、そのしぐさでなにか警告しようとしているのだと考えていた――〝気をつけろ！〟と。だが今日は、まったく異なることを意味しているようだった――〝静かに！　安心しなさい！〟と。僕は台座によじ登ると、その腕に身を投げかけて首に抱きつき、指に僕の指をからめた。心強い抱擁の中で、失った正気を思って泣く。胸から苦しいほど大きく激しい嗚咽（おえつ）がこみあげてきた。

〝静かに！〟とファウヌスは告げた。〝安心しなさい！〟

## もっと自分を大事にしようと決める

### アホウドリが南西広間群を訪れた年、第八の月九日目の記載

僕はファウヌスの抱擁から離れて、みじめな気分で館をさまよい歩いた。正気を失っている――または失っていた――か、失いつつあるところだと思い込んでいた。どちらにしろ、ぞっとするような見通しだ。

むりやり第三北広間に戻り、魚を少し食べて水を飲む。それから、気に入っている像を残らず再訪した。ゴリラ、シンバルを打つ少年、蜜蜂（みつばち）の巣箱を運ぶ女、城を運ぶ象、チェスをするふた

りの王。その美しさに心なぐさめられたし、気分転換にもなった。像の気高い表情が世界の善なるものすべてを思い出させてくれた。

今朝はもう少し落ち着いて、なにが起きたかふりかえることができる。過去にとても具合が悪かったことを受け入れよう。日記にあんなことを記入したときには病気だったに違いない。そうでなければ「バーミンガム」や「ペルージャ」などという突飛な言葉をちりばめたりするはずがない。（いまでさえ、こうして単語を書いていると、また不安になってくる。さまざまな映像が心の中に湧きあがる——悪夢のように異様で、それでいて妙に見覚えがある。たとえば「バーミンガム」という言葉を目にすると、騒音が鳴り響き、動きや色がひらめいて、重苦しい鉛色（なまりいろ）の空を背に塔や尖塔がそびえる光景がちらつく。そうした印象をとらえてさらに分析しようとしても、たちまち薄れてしまう）

こんな状態でも、あの二か所の記載がでたらめだと片付けたのは早計だった気がする。単語のいくつか——たとえば「大学」——は、たしかにある種の意味を持っているように思われる。本気でやってみれば「大学」の明確な定義を書けるに違いない。これにはどう説明がつけられるのか、少し考えてみた。「学者」を理解しているのは、館じゅうに本や文書をかかえた学者の像が散らばっているからだ。ことによると、「大学」（学者が集まる場所）という考えはこういったものから推定したのでは？　さほど納得のいく仮説ではないようだが、いまのところ僕が思いつくのはこのくらいだ。

二か所の記載には、ほかの証拠によって存在が裏付けられた人々の名前も含まれている。預言

**者**はスタンリー・オヴェンデンについて話したから、これが実在の人物なのはあきらかだ。**預言者**はまた、若い色男のイタリア人の名前を思い出そうとしたが、思い出せなかった。ひょっとするとそれがマウリツィオ・ジュッサーニかもしれない。最後に、どちらの記載も「ローレンス・アーン＝セイルズ」という人物に言及しており、僕は**第一玄関**で「ローレンス」からの手紙を見つけた。

　つまり、これらの記載のばかげた内容とまじって、本当の情報もあるように思われる。生きていたことのある人々についてできるだけ知りたい、と僕が求めている以上、こんな重要な情報源を無視するのは間違っている。

　僕がたくさんの事柄を忘れていることは明白になった――こうした事態には正面から向き合うのがいちばんだ――そしていまや僕は、深刻な精神錯乱に陥った時期が存在した証拠を手にしている。まずなによりも重要なのは、この問題を**もうひとり**から隠すことだ。（そのために僕を殺すまではいかないと思うが、現状よりさらに疑いの目を向けられるに違いない）ほぼ同じくらい大切なのは、病気が再発しないよう**自分**を守る必要があるということだ。この目的のため、僕はもっと**自分**を大事にしようと決めた。科学的研究に没頭するあまり、魚を獲るのを忘れて食べるものがなくなるような真似をしてはならない。（**館**は活動的で積極的に行動する人間には豊富に食べ物を提供してくれる。空腹で過ごすことに言い訳はできない！）服を繕（つくろ）ったり、しばしば冷たくなっている足に覆いを作ったりという作業にもっと精を出す必要がある（疑問――海藻（かいそう）で靴下を編むことは可能か？　難しそうだ）。

日記に番号をつけなおすことを考慮したが、自分でつけなおしたに違いないという結論に達した。つまり二十冊の日記（二十！）が行方不明ということになる――実に不安を誘う考えだ！とはいえその一方で、なくなった日記があるなら辻褄が合う。僕は（前述した通り）三十五歳ぐらいだ。いま持っている十冊の日記は六年に及んでいる。もっと若いころの日記はどこにある？そしてその期間僕はなにをしていた？

　きのうは二度と日記を読むことも記載を調べることもしたくないと思った。日記十冊と索引を荒れ狂う潮に投げ込む自分を思い描き、解放されたらどんなにほっとするだろうと想像した。だが、今日はいくらか冷静になっている。そこまで不安とパニックに翻弄されていない。今日になると、日記を注意して読んでみるだけの正当な理由があるとわかっている。あの異様な部分さえ――ひょっとしたら、異様な部分こそ調べるべきかもしれない。第一に、僕はもとから、生きていたことのある人々についてもっと知りたいと切望していたのだし、理解しがたいとはいえ、日記にはたしかに本物の情報が含まれているようだ、どんなに奇妙な形で提示されていたとしても。第二に、僕はみずからの狂気について、とりわけ、なにがきっかけとなるのか、この先どうやったら防げるのかをできるだけ知る必要がある。

　もしかしたら、日記に書いてある過去を調べることで、そういった事柄を解明できるかもしれない。一方では、日記を読むこと自体がきっかけとなる行動で、つらい感情や悪夢めいた思考を山ほど生み出すと認めることも大切だ。慎重にことを進め、一度に少しずつしか読まないようにしなければ。

もうひとりと預言者は両方とも、館そのものが狂気と物忘れの源だと言明した。どちらも科学者で知性ある人物だ。そんな申し分ない権威ふたりが一致しているのなら、その結論を受け入れなければなるまい。館が僕の記憶喪失の原因なのだ。

〝館を信頼しているか？〟僕は自分に問いかけた。

〝ああ〟と自分に答える。

〝だからもし館が忘れさせているのなら、きちんとした理由があってそうしているのだ〟

〝だが僕にはその理由がわからない〟

〝理由がわからなくとも関係ない。おまえは館の愛し子だ。安心しなさい〟

そして僕は安心した。

## シルヴィア・ダゴスティーノ

アホウドリが南西広間群を訪れた年、第八の月二十日目の記載

預言者が言及していたほかの人々にとても興味があったので、僕はシルヴィア・ダゴスティーノとジェームズ・リッターの研究を始めようと決めたが、すぐには調べなかった。自分を大事にしようという計画に従って、一週間半経過するのを待ってから、もう一度日記を読んだ。そのあいだは心を鎮めるような普段の活動をして過ごした。魚を獲り、スープを作り、服を洗い、白鳥

の骨でこしらえた笛で音楽を作った。そして今朝、日記と索引を第五北広間に持ってきた。この広間にはゴリラの像があり、彼を見ることで力を貸してもらえると思ったからだ。

腰をおろし、ゴリラの向かいで敷石にあぐらをかく。索引のDの項を確認した。彼女はそこに載っていた。


ダゴスティーノ、シルヴィア、アーン＝セイルズの教え子　日記NO．22、6〜9ページ

僕は日記NO．22（僕の日記NO．2）の六ページを見た。

シルヴィア・ダゴスティーノの経歴

一九五八年スコットランド・リース生まれ。詩人エドアルド・ダゴスティーノの娘。

写真にはいくぶん中性的な外見の女性が写っている。濃い色の太い眉、黒い目、力強い鼻としっかりした顎の線は魅力的で、美しくさえある。ゆたかな黒髪を通常は後ろで束ねている。アンガラド・スコットによれば、ダゴスティーノは型通りの女らしさという考えにはいっさい歩み寄ろうとせず、服装に関してはときたま気にかけるだけだという。

十代のころ、ダゴスティーノは大学へ行って死と星と数学を勉強したいと友人に言った。どういうわけかマンチェスター大学にそういう課程はなかったので、数学で妥協した。大学では

すぐにローレンス・アーン＝セイルズとその講義にめぐりあった。その出会いが彼女の残りの人生をかたちづくった。

古代人の精神と心を交わし、ほかの世界を垣間見るというアーン＝セイルズの話は、宇宙への憧れすべてに応えてくれた――「死と星」の部分だ。数学の学位を取得するやいなや、ダゴスティーノはアーン＝セイルズを指導教員として人類学に移った。

アーン＝セイルズの学生や信奉者の中で、群を抜いて献身的だったのがダゴスティーノである。ウィアレイ・レンジにあるアーン＝セイルズ宅の一室をあてがわれ、そこで無給の家政婦兼秘書となった。ダゴスティーノは車を持っており（アーン＝セイルズは車を運転しなかった）、職務のひとつはどこへでもアーン＝セイルズの望むところへ乗せていくことで、土曜日の夜カナルストリートで若い男たちを拾うこともその中に含まれていた。

一九八四年、ダゴスティーノは博士号を取得した。学術的な職や教師の仕事を求めることはなく、アーン＝セイルズのもとにとどまり、次から次へと単純労働をして自活した。

ダゴスティーノは一人っ子で、ずっと両親、とくに父親と仲がよかった。一九八〇年代なかばのあるとき、アーン＝セイルズは両親と口論するよう彼女に指示した。アンガラド・スコットによれば、これは忠誠心のテストであった。ダゴスティーノは両親とすべての接触を絶ち、両親は二度と娘と会うことはなかった。

スコットはダゴスティーノのことを詩人、画家にして映像作家だと説明し、彼女の詩が掲載された雑誌を挙げた――『アルクトゥルス』、『引き裂かれて（トーン・アサンダー）』、『キリギリス（グラスホッパー）』。（いままでにこれらの雑誌を見つけることはできていない）『キリギリス』の編集者――トム・ティッチウェルという名の男性――は、エドアルド・ダゴスティーノの友人でもあった。彼（ティッチウェル）はシルヴィアと連絡を取り合い、その情報を両親に伝えた。

ダゴスティーノの映画のうち二本が残っている。『月／森』と『城』だ。『月／森』は独特の雰囲気を持つすぐれた映画製作で、通常のアーン＝セイルズ陰謀論者仲間以外の批評家やファンから称賛された。二十五分間の作品で、マンチェスター周辺の荒野や森を映している。カラーのスーパー8（エイト）で撮影されているが、感覚としてはほとんど完全にモノクロで――黒い森、白い雪、鉛色の空など――ときおり血の赤が散っている。映画の中では、古代の祭司がひとり、小さな集団を虜にしている。祭司は男に残酷なふるまいをし、女を虐待する。ひとりの女が逆らう。祭司は自分の力を示して相手をこらしめるため、魔法をかける。女は小川を横切る。一歩進むとその足は水に映った月の影に沈み込む。女は小川に囚われ、月の影から出ることができない。祭司がやってきて、どうすることもできずに立ちつくす女を打ちすえる。それでも女は動けない。ひとり残された女は樺（かば）の木の森に助けを求める。祭司は森を通り抜けているとき、からみあった樺の木につかまってしまう。木々は祭司を拘束して体を突き刺す。祭司は動くことができず、やがて死ぬ。女は月の影から解放される。『月／森』にはほとんど会話がなく、わずかにあっても意味が通じない。女と祭司はわれわれの言語となんの関係もない自分たちの言葉で話している。『月／森』の真の言語は、素朴で荒寥とした映像だ――月、暗闇、水、木。

もうひとつ残っているダゴスティーノの映画はさらに変わっている。タイトルはついていないが、通常『城』と呼ばれている。ベータマックスで撮影されており、質はよくない。おそらく異なった城や宮殿にあると思われるさまざまな広い部屋を、カメラがとりとめなく追っていく（ひとつの建物を見ているはずはない。いくらなんでも広大すぎる）。壁際には像が並び、床は水溜まりでいっぱいだ。そのたぐいのことを信じる人々によれば、これはアーン＝セイルズの異世界のひとつを記録したもので、たぶん二〇〇〇年の著書『迷宮』で描写された世界だろうという。これが別世界の映画ではないと証明するため、撮影場所をはっきりさせようとしている人々もいる。だが、実際に特定して決着をつけた者はいない。『城』と一緒にダゴスティーノの筆跡のメモが発見されたものの、こちらは本人の最後の日記と同じ奇妙な暗号で書かれており、解読されないままである。

ダゴスティーノは大人になってからほぼずっと日記をつけていたらしい。初期の数冊（一九七三〜一九八〇年）はリースの両親宅に保管されており、これは英語で書いてある。別の一冊、ダゴスティーノの失踪当時（一九九〇年春）のものは、勤めていた診療所で見つかった。この日記には、象形文字と映像（夢のイメージか？）を描写した英語がいりまじった風変わりな表現が用いられている。アンガラド・スコットは何度か解読しようと試みたが、成功に至らなかった。

一九九〇年前半、ダゴスティーノはウィアレイ・レンジにある診療所で受付係として働いていた。職場の医師のひとり、同年輩の男性ロバート・オールステッドと友人になった。この時点では、ローレンス・アーン＝セイルズに対する熱があきらかに以前より冷めていた。彼女はオールステッドに、自分の人生は単調でつまらないが、アーン＝セイルズにはいつまでも感謝するだろうと語った。なぜなら、もっと美しい世界への道をひらいてもらい、そこで幸せだったからだと。この発言をどう判断すべきか、オールステッドにはわからなかった。のちに彼女が薬物をやっていなかったのは間違いない、と警察に伝えている。もし常習していたら、診療所で働くことを許したはずがないと。

オールステッドとの友情を知ると、アーン＝セイルズは彼独特の嫉妬にかられ、仕事をやめろと要求した。今回ダゴスティーノは断った。

四月の第一週に彼女は仕事に現れなかった。行方がわからなくなってから二日後、オールステッド医師は警察を呼んだ。ダゴスティーノは二度と姿を現さなかった。

## 気の毒なジェームズ・リッター

アホウドリが南西広間群を訪れた年、第八の月二十日目の記載2

ジェームズ・リッターの記載は二か所あり、両方とも日記NO.21に含まれていた。四六ページと一二二ページだ。最初の記載の見出しはこうなっている。〝ローレンス・アーン＝セイルズの不祥事〟

常に物議を醸していたアーン＝セイルズの活動期間は、一九九七年四月、唐突に終わりを告げた。自宅を清掃するために雇われていた女性がなにかを見つけたのだ――ある部屋の壁の下からにじみ出ているように見える茶色い液体を。その部屋は寝室で、アーン＝セイルズの話では使われていなかった。しかし、使用されていることがわかったため、掃除人は清掃した。液体をスポンジで拭いたのだ。そのとき、においがした。尿と糞便のにおい。壁の下からさらにじわりと液体がしみだした。壁を押すと少し動いた。掃除人は耳を押しつけた。それから警察を呼んだ。警察は壁――偽の壁――の奥に部屋を発見したが、そこにいたのは、ひどく体調を崩した、まるで支離滅裂な状態にある若い男だった。

アーン＝セイルズの学者としての経歴は終わった。裁判（広く報じられた）のあと、最初は三年間収監された。だが、刑務所にいるあいだにほかの受刑者の暴力行為と暴動をあおったとして有罪を宣告された。結局、四年半服役して二〇〇二年に出所した。

アーン＝セイルズはみずからの公判で証言せず、なぜジェームズ・リッターを監禁したのかなんの説明も提供しようとしなかった。

この記載は期待外れだった。気の毒なジェームズ・リッターが誰なのかということに関しては、ほとんど情報がない。僕は次の記載を見た。こちらはもっと期待できそうだった。

## ジェームズ・リッターの経歴

一九六七年ロンドン生まれ。若いころリッターはたいそう容姿端麗だった。モデル、ウェイター、バーテンダー、俳優として働き、ときどき売春をしていた。彼は大人になってからずっと、長期の精神疾患に苦しんでいた。一九八七年から一九九四年のあいだに少なくとも二回、一度はロンドンで、一度はウェイクフィールドで措置入院している。ホームレスだったときもある。

アーン＝セイルズ宅の偽の壁の奥で見つかったあと、リッターは病院に運ばれ、肺炎、栄養失調、脱水、双極性障害の治療を受けた。警察はアーン＝セイルズがいつから監禁していたかつきとめようとしたが、リッターはまともな説明ができる状態ではなかった。そこで警察は彼の知り合いと話した——薬物中毒者、ソーシャルワーカー、ホームレスのための宿泊所を運営している人々。それではっきりしたのは、リッターが一九九五年の前半にマンチェスターとその周辺で姿を見られているということだけだったので、場合によっては——当然明確ではないにしろ——二年ものあいだ監禁されていた可能性がある。

リッターは徐々に話せるようになったが、本人の説明は状況をいっそうわかりにくくした。ウィアレイ・レンジのアーン＝セイルズ宅にいたのは短いあいだだけで、ほとんどの期間は別の館、たくさんの像があり、多くの部屋が海水に浸っている館にいたと主張したからだ。たいていのとき、リッターは自分がまだそこにいると思っているように見えた。入院しているあいだ、何度かひどく動揺し、ミノタウロスたちのところへ戻らなければ、ミノタウロスのところに夕食があるから、と言った。妄想を抑える薬物治療を受けたにもかかわらず、地下が水浸しで像が並んでいる館にいた、と主張し続けた。

リッターを閉じ込めておくことでアーン＝セイルズがいったいなにを得ようとしていたのか、という問題については、いまだに議論の的となっている。ふたつの説が提示された。

第一の説は、異世界が存在するばかりか、自分もほかの人々も行ったことがあるという主張の信憑性を高めるため、アーン＝セイルズがリッターを洗脳したというものだ。たしかに、リッターの説明した館は、シルヴィア・ダゴスティーノの映画『城』のがらんとした広大な部屋の連なりと似ている。また、アーン＝セイルズが刑務所で書いた本『迷宮』に出てくる異世界の描写にも通じる。（もちろん、アーン＝セイルズがリッターの幻覚をくわしく説明しただけだということも、まったくありうることだ）だが、もしそれがアーン＝セイルズの目的なら――別の世界の証拠をでっちあげることが――なぜ証人として妄想症の病歴のある人物を選んだのか？

第二の説は、誘拐がアーン＝セイルズの「異世界」理論よりも、変わった性的嗜好に関係しているというものである。（検察当局は一九九七年秋の公判ではこの方針で臨んだ）だがその場合、なぜリッターは地下部分が海に沈んだ館についてぺらぺらしゃべっていたのだろう？

アーン＝セイルズの伝記を書くため、アンガラド・スコットはリッターにインタビューしようとしたが、リッターは海が内包された館について誰も信じてくれないことに憤慨し、話すことを拒んだ。二〇一〇年、アーン＝セイルズの不祥事を回顧する記事のために、『ガーディアン』紙の記者——ライサンダー・ウィークス——がリッターを見つけ出した。このときリッターはマンチェスター市役所の管理人として働いていた。禅僧めいて見えるほど落ち着いていて冷静だった、とウィークスは説明した。リッターは十年間薬物を摂取していないと主張した。それでも、ウィークスに語ったのは警察に話したのと同じ内容だった。一九九五年から一九九七年にかけてのおよそ十八か月、彼は地下が海に沈んでおり、ときおり一階まで水が上ってくる大きな館に住んでいた。眠っていたのは巨大な大理石の階段の湾曲部の下で、半透明の白い洞穴めいた部分だったという。マンチェスター市役所で働いたことで自分は救われた、とリッターは語った。市役所もまた、大きな部屋や像や階段がたくさんある広大な建物だったからだ。もうひとつの館——アーン＝セイルズに連れていかれたところ——との類似のおかげで心が落ち着いたのだった。

## シルヴィア・ダゴスティーノと気の毒なジェームズ・リッターに関する日記の記載当初の考え

アホウドリが南西広間群を訪れた年、第八の月二十一日目の記載

僕がいちばん興味を引かれたのは、気の毒なジェームズ・リッターに関する最後の記載だった。

ほかの記載同様わけのわからないことだらけだが、ミノタウロスに関する箇所はあきらかに第一玄関への言及だ。階段の下にある半透明の白い洞穴、という記述にも心当たりがあった。第一玄関にはちょうど似たような階段があり、下にはそういう洞穴のような空間がある。僕があれほどいらいらさせられたごみの多くは、その洞穴めいた空間で見つけたものだ。ジェームズ・リッターが第一玄関でポテトチップスとフィッシュフィンガーを食べた人物であることははっきりしている（この洞察だけでも、日記を読み続けようという決意が正しいことを示している！）。

シルヴィア・ダゴスティーノの記載はこれより得るところが少なかったが、『城』という映画の説明から判断して、彼女もここの広間群を訪れたことがあるようだ。

「大学」という単語は、シルヴィア・ダゴスティーノについての記載で三回現れ、スタンリー・オヴェンデンについての記載でも三回現れる。二週間前、僕はこの一見無意味な言葉の意味がわかるのは、館で学者の像を見たからだと仮定した。そのときは根拠の弱い説だと却下するほうにかたむいていたが、いまでは説得力が増したように感じられる。考えてみればほかにも、世界にそんなものが存在していないのに、完全に理解できる概念がたくさんある。たとえば、僕は庭というのが植物や木々を見て疲れを癒す場所だと知っている。だが、世界にそのような庭は存在していないし、その特定の概念を表現している像があるわけでもない。（実際、庭の像がどんなものか、いまひとつ想像できない）そのかわり、館に散らばっているのは、薔薇や蔦（つた）の蔓（つる）に囲まれ、木々の天蓋に憩う人々や神々、獣だ。第九玄関には地面を掘っている庭師の像があり、第十九南東広間では別の庭師が薔薇の茂みを刈り込んでいる。こうしたものから、僕は〝庭〟という概念を推測した。館はこんなふうに、新しい考えをそっと自然に人間の精神にゆだねる。こんなふうに僕の理解を広げていくのだ。

　そう悟ったことで、とても力づけられた。日記に書かれた意味不明な言葉によって、説明のつかないイメージが心に浮かんできても、もうそれほど不安にはならなかった。〝心配するな〟と自分に言い聞かせる。〝これは館だ。館がおまえの理解を広げているのだ〟

　日記のどの記載にも名前が含まれている。いままで見つけた名前の一覧表を作った。十五個ある。「キッタリー」がもうひとり、別のひとつが預言者の名前だとすれば、残るのは十三だ。これはこの広間群にいる死者ときっかり同じ数になる。偶然の一致だろうか？　注意深く検討してみて、そうかもしれないという気がしている。十五人には名前がついているが、本文では、ほかにも数人の存在がほのめかされているようだ。たとえばダゴスティーノが「死と星と数学」を勉強したいと語った友人、「警察」（というのはどの文章でも言及がある）、ローレンス・アーン＝セイルズの自宅を清掃していた女性、ローレンス・アーン＝セイルズが土曜の夜に拾っていた若い男たち。いまの時点で、この人々のうち何人が存在しているのか断言することは不可能だ。

# 第四部　十六

# 第八十八西広間から紙片を回収する

## アホウドリが南西広間群を訪れた年、第九の月初日の記載

僕は第八十八西広間で見つけた紙切れのことも、セグロカモメの巣に織り込まれた分のことも忘れてはいなかった。

二日前に旅のための補給品をまとめた。食料、毛布、水を沸かす小さな片手鍋、ぼろきれ少々。僕は出発し、午後のなかばごろ第八十八西広間に到着した。餌を探しに出たのか、セグロカモメは広間にいなかったが、像の上に落ちたばかりの排泄物がまだそこをねぐらにしていると示していた。

僕はすぐに紙片を巣から外す作業にとりかかった。これを楽にこなせるどうかは状況次第だった。巣によっては海藻が乾いていて一度ひっぱるとばらばらになったが、ほかの巣では紙切れがセグロカモメの糞で海藻にくっついていた。古い巣の乾いた海藻を使って火を熾し、片手鍋で水を温めてから、ぼろきれを一枚湯に入れて、そっと巣に貼りついている紙にあてる。繊細な作業だった。湯が少なすぎれば固まった糞はやわらかくならないし、多すぎれば紙自体がとけてしまう。何時間も苦労したものの、二日目の夕方までに三十五個の巣から七十九枚の切れ端を回収した。もう一度ひとつひとつ巣を調べ、もう残っていないと確認する。

今朝は僕自身の広間群に戻ってきた。
書かれた文章をつなぎあわせるのにしばらく時間をかけた。一時間後にようやく、あるページの一部と——たぶん半分ぐらいはある——もっと少ないが、ほかの数ページからも何か所か組み立てられた。
筆跡は非常に読みにくく、線で消してある箇所ばかりだった。僕は読んだ。

……あの男が僕にしたことだ。なぜあんなに愚かだったのだろう？　僕はここで死ぬ。誰も助けにきてくれない。僕はここで死ぬ。この静けさ《欠けた箇所》なんの音もしない、ただ下の部屋で海が鳴っているだけだ。食べるものもない。あの男が食物と水を持ってくるのに依存している——おかげでいっそう囚人、奴隷としての立場が強調される。あいつはミノタウロスの像のある部屋に食物を置いていく。僕はずっとあの男を殺す空想にふけっている。壊れた部屋のひとつで、屋根瓦サイズの尖った大理石のかけらを見つけた。あいつの頭をそれで殴りつけることを考えた。そうしてやったらさぞ胸がすくだろう……

これはとても怒っている不幸な人物の文章だ。誰だったのだろう？　文章の向こうに手をさしのべ、なぐさめてやれたらいいのに。どの玄関にも豊富にいる魚や、集めてもらうのを待っている貝の繁殖場を案内して、ちょっと洞察力がありさえすれば二度と飢える必要はないのだと教えてやりたい。館はみずからの子どもたちを養い庇護してくれるのだ、と示してやりたい。この書き手を迫害し、奴隷にしたという男は誰なのだろう。ふたりの人間のあいだにそれほどの確執が存在したと思うと、なんとも悲しい気がする。ひょっとしたら、このふたりは僕の死者でさえあるかもしれない。隠された人物がビスケット缶の男を苦しめたのだろうか？　それとも逆か？
　僕は細心の注意を払って紙切れをひっくり返し、裏側を観察した。こちらの文章はさらにひどかった。

　忘れる。忘れる。きのうは街灯という言葉が思い出せなかった。今朝は像のひとつが話しかけてきたと思った。しばらく（たぶん三十分ぐらい）その像と話していた。僕は正気を失いかけている。このいまわしい場所でおかしくなったらどんなにおそろしく悲惨なことか。そうならないうちにあいつを殺してみせる。なぜあいつを憎んでいるのか忘れる前に。

　これを読み解いたとき、僕は溜め息をついた。前にもうひとりがくれた封筒三枚をとりあげる。一枚目には組み立てるのに成功した紙片を入れた。封筒の外側には、ふたつの文の写しを注意深く書いた。二枚目の封筒には、断片的につなぎあわせた紙切れを入れる。三枚目には、合わせることができなかったばらばらの紙片を入れた。

## ある問題

### アホウドリが南西広間群を訪れた年、第九の月二日目の記載

目下のところ、ある最優先の問題が気にかかっている。スタンリー・オヴェンデン、シルヴィア・ダゴスティーノ、気の毒なジェームズ・リッターとマウリツィオ・ジュッサーニのことを、**もうひとり**に聞くべきか否か。**預言者**は**もうひとり**を「キッタリー」の名はダゴスティーノとオヴェンデン、そしてジュッサーニの失踪に関する記載で、「キッタリー」と呼んでいた。マウリツィオ・ジュッサーニ自身のすぐ近くに現れる。それで僕は**もうひとり**がこの人たちを知っていたと結論を出した。彼らのことがもっと知りたくてたまらず、何度か喉もとまで質問が出かかった。だが毎回、最後の瞬間にためらってしまった。〝どこでその人たちのことを聞いた？　誰が君に話した？〟と言われたら、なんと答えていいかわからないだろう。**もうひとり**に僕が**預言者**と話したことを知られるわけにはいかない。**日記**に書かれていることを知られてはならない。

**もうひとり**は大いに疑っている。十六がここにきそうだということしか頭にない。二か月前に、**第百九十二西広間**へ赴(おもむ)いて**大いなる秘密の知識**を呼び出せる儀式を行うつもりだと宣言したが、いまではすっかりそんなことは忘れ去っている。

## レモン

### アホウドリが南西広間群を訪れた年、第九の月五日目の記載

今朝、僕は第三北広間から第十六玄関へ行く途中だった。第一北広間を通りすぎて第一玄関に入った。一、二歩進んでから立ち止まる。

たったいまなにか起こった。なんだった？　なにがあった？

数歩さがって戸口に入り、息を吸い込む。まただ！　香り。レモンとゼラニウムの葉、ヒヤシンス、水仙の香水。

この一点で非常に強く香る。誰か――すばらしい香水をつけた人物が――戸口に立ち、奥へ続いていく広間群の細長い景色をながめていたのかもしれない。第一北広間に引き返したが、そこには痕跡がなかった。第一玄関に戻って壁沿いに南へ進み、見あげるようなミノタウロスの像の下へ行く。そう、香りはここでも嗅ぎとれた。第一西広間への戸口と、第一南西広間に続く廊下への出入口のあいだの地点まで、その人物の通った道をたどっていく。そこでにおいは途切れた。

この道を通ったのは誰だろう？　もうひとりではない。彼がつけている香水は知っている。コリアンダーと薔薇(ばら)、白檀(びゃくだん)のスパイシーな香りだ。預言者？　あの香水はよく憶えている。やはりまるで違った――主要な香りは菫(すみれ)で、クローヴとブラックカラント、薔薇がほのかににおう。

いや、これは誰か新しい相手だ。

十六がきた。十六がここにいたのだ。

鼓動が速くなりはじめた。僕は玄関を見まわした。広大な空間は、隙間に黄金の光の筋をまとったミノタウロスたちのビロードめいた影で薄暗い。十六は僕の正気を奪おうとして隠れ場所から出てきたりしなかった。だが、ここにいたのだ、ひょっとしたらほんの一時間前に。

十六のような人物、破壊と狂気にひどく執着している人物が、こんなに魅力的な、陽光と幸福をしのばせる香水をつけているとは驚きだった。だが、そう思ってから、僕はそんなふうに考えるのはばかげていると自分に言い聞かせた。〝これを警告と受け取れ〟と告げる。〝用心しろ。十六は悪意を公然と示してはいるまい。見たところ好感が持てる可能性は大いにある。親しげに機嫌をとるようにふるまうだろう。そうやっておまえを破滅させようともくろんでいるのだ〟

## 殺すべき人々がさらにいる

### アホウドリが南西広間群を訪れた年、第九の月七日目の記載

今朝、もうひとりに第一玄関の香水について話した。驚いたことに、相手はこの知らせをいたって冷静に受け止めた。

「ああ。しかし私は、もうそうなってしまったほうがいいと思いはじめている」と言う。「ただ

ぶらぶらと事態が起こるのを待ち受けているよりはな。それに、結局そんなに悪いことでもないかもしれない」

「ですが、十六がおそろしい脅威だと言っていたと思うのですが」僕はたずねた。「あなたの安全と僕の正気を脅かすという話だったのでは?」

「それは事実だ」

「ではなぜ、その男がここにくるのがいいはずがあるのです?」

「なぜなら、われわれへの脅威があまりにも大きく、十六を完全に抹殺するしか選びようがないからだ」

「どうやって実行するのです?」

答えとして、もうひとりは銃をまねて二本の指を頭にあてると、「バーン!」と声を出した。

僕はあぜんとした。「どんなに悪い人間だとしても、僕に人が殺せるとは思えません」と言う。「悪人でも命を持つ資格はあります。いや、たとえその資格がなくても、それなら館に命を奪ってもらえばいいのです。僕ではなく」

「おそらく君の言う通りだろう」ともうひとり。「はたしてこの手で誰かを殺せるかどうか」指を広げてひっくり返し、考え込むように自分の手をながめる。「試してみたらおもしろいだろうが。いいことを教えてやろう。私は銃を手に入れるつもりだ。どちらが実行しなければならないにしろ、そうすればやりやすくなる。それで思い出したが、ほかにも誰かがここにくる可能性——わずかな可能性——がある。万が一老人を見かけたら……」

「……老人？」僕はぎくっとして繰り返した。

「そうだ、老人だ。もし見かけたらすぐに教えてくれたまえ。その男は私ほど背が高くない。ひどくやせている。色が白い。瞼（まぶた）が厚ぼったく、濡れたように赤い口をしている」もうひとりは無意識にみぶるいしてから言った。「なぜ君にあの男の外見を説明しているのかわからないな。これから老人が群れをなしてやってくるというわけでもあるまいに」

「どうしてです？　その人も殺そうというのですか？」僕ははらはらして問いかけた。もうひとりが預言者の話をしているのは疑う余地がなかった。

「いや、違う」彼は答えた。間をおく。「もっとも、言われてみれば、誰かがそうしてもいいころだが。前から思っていたが、あの男が刑務所にいるあいだに誰にも殺されなかったのは驚くべきことだ。ともかく、その男を見たら教えてくれ」

　僕はできるかぎりあたりさわりなくうなずいた。もうひとりが言ったのは、この先預言者を見たら知らせてくれということであって、前に見かけたかどうか訊いたわけではないから、必ずしも嘘というわけではない。この新たな展開でひとつ安心できるのは、預言者が本人の広間群へ帰ってしまい、もう会うことはないと断言したことだろう。

# 十六の書いたものを見つける

## アホウドリが南西広間群を訪れた年、第九の月十三日目の記載

五日間、すべての玄関で薄暗い土砂降りが続いた。世界はじめじめと冷たく、玄関に続く戸口の敷石には水溜まりがいくつもできた。広間は避難しにきた鳥たちのさえずりでいっぱいになった。

僕はなるべく忙しくしていた。魚の網を直し、音楽を練習した。だがそのあいだじゅう、十六がここにいて僕の正気を奪おうとしている、という考えが心の片隅にひそんでいた。危機がいつ訪れるのか見当もつかなかったし、それは気持ちのいい感覚ではなかった。

今日は雨が止んだ。世界はふたたび心軽やかになった。

僕はミヤマガラスの群れが棲みついている第六北西広間へ向かった。僕の姿を見た瞬間、ミヤマガラスたちはくるくるまわったり羽ばたいたり互いに鳴き交わしたりしながら、止まっていた複数の高い像からどっとおりてきた。魚のかけらを餌として撒いてやる。二羽が肩に舞いおりた。食べたらうまいかどうか調べようとして、一羽は僕の耳をつっついてきた。僕は笑ってしまった。バタバタ動く黒い翼の渦の真ん中に立っていたので、周囲に注意を払っておらず、はじめ右側の扉にしるしがついているのに気がつかなかった。明るい黄色のチョークで書いた斜線だ。そのと

き、たしかに見えた。肩を動かして鳥を追い払い、確かめに行く。

ずっと以前は、道に迷うのを恐れて扉や床にチョークでこんなふうにしるしをつけていたものだ。もう何年もしていないが、この黄色いしるしを見たときまず思ったのは、これは僕のしるしのひとつで、どうにかして洪水も潮も、風や雨や霧も乗り越えたのだろうということだった。その一方で、これまでに黄色いチョークを持っていたことがないのも知っていた。白いチョークをいくらか、青いチョークを少し、それにピンクのチョークもわずかだが持っている。だが、黄色いチョーク？　いや、そんなものは持っていたためしがない。

それから僕は、扉の脇の敷石に、もっとチョークのしるしがついているのを見つけた。今度は白かった。

言葉だ！　もうひとりの書いたものではない。第一玄関からこんなに遠くまではめったにこないからだ。いや、これは誰か別人の文字だ。十六！　僕はつかのま立ちつくし、この事実を把握しようとした。いままでにこんなことは一度も起こらなかった。十六が人々の正気を奪おうとして文字を書き残すとは！（その巧妙さには喝采せざるを得ない。はたして僕なら思いついたかどうか）

しかし、この言葉で実際に頭がおかしくなるだろうか？　もうひとりの警告はすべて、僕が十六と話すこと、話を聞くことに対してだった。十六の声の質に危険があるという可能性はないだろうか？　もしかすると、書いた言葉なら安全なのでは？（もうひとりはいらいらするほど曖昧だったことに僕は気づいた）

慎重に視線を下へ向ける。次のように読めた。

入口から十三番目の部屋。帰り道は次の通り。この扉を通ってすぐ左折。目の前の扉を通ってから右折。右の壁に沿って進む。扉をふたつ通り越したあと……

道順。ただの道順だ。

それほど危険には見えない。僕はいったん中断し、狂気や自殺したいという衝動が迫ってきているか確認した。とくに思いあたらなかったので続きを読む。

それは第六北西広間から第一玄関への道順だった。道筋自体は多少まがりくねっていたが、案内は正確でわかりやすく効率的だったし、文字そのものはきっちりそろって見やすかった。

この案内に従って、僕は十六の道筋を第一玄関までたどった。通り抜けた扉には、それぞれ黄色いチョークでしるしがしてあった。僕の目の高さよりいくらか下の位置だ。（十六は僕より十二から十五センチほど背が低いと推定した）潮や不運なできごとでどれか消えてしまってもほかのしるしが残るように、どの扉の枠の下にもまた道順が書いてあった。なんと几帳面な人物だ！

僕は第二北広間へ行き、青いチョークを何本かとってきた。それから、最初に十六の案内を見た第六北西広間へ戻った。（どうやら彼が進んだのはここまでらしい）その文章の下にこう書いた。

親愛なる十六

きみがどうやって僕の正気を奪おうとしているか、もうひとりが警告してくれた。とはいえ、正気を奪うためにはまず僕を見つけなければならないが、どうやって見つけるつもりだ？　答えは、見つからない、だ。僕はこの広間群の壁龕（へきがん）も後陣も、隠れる場所ならすべて知っている。きみの広間群へ戻れ、十六。そして、みずからの邪悪さと向き合うといい。

ピラネージ

この手紙を書くと、ずっと感じていた追い立てられるような気持ちが薄れた。ずいぶん事態を掌握できたような気がする――ほとんど十六と同じぐらいに。唯一厄介なのは、手紙にどう署名すればいいかわからないということだった。もうひとりやローレンス（老狐がリスたちを教える像を見たがった人物）に宛てたように「友」と書くわけにはいかない。十六は僕の友人ではない。「きみの敵」と書いてみたものの、これでは無駄に喧嘩を売っているようだ。「決してきみに正気を奪われたりしない者」というのを考えてみたが、それだとかなり長い（そのうえ少なからずもったいぶっている）。結局、簡潔にこう記した。

もうひとりにこう呼ばれているからだ。

（ただし、これが自分の名前だとは思わない）

## もうひとりに十六の書いたものについてたずねる
### アホウドリが南西広間群を訪れた年、第九の月十四日目の記載

今朝、第二南西広間でもうひとりに会った。ミディアムグレーのウールのスーツと、やや色の濃い、ぱりっとしたグレーのシャツを身につけていた。まじめで落ち着いた顔つきで、真剣な雰囲気を漂わせている。第六北西広間の敷石にチョークで記された文章を見つけたことを告げると、ただうなずいた。

「十六は書いた言葉を通して狂気を伝えることができるのですか？」僕はたずねた。「読むべきではなかったでしょうか？」

「十六の言葉はどんな形であろうと危険だ」ともうひとり。「読まないほうがよかっただろうな。だが、君を責めるつもりはない。不意打ちだった。文字のメッセージは予想していなかったのだろう。はっきり言うと、その可能性があるとは私も思わなかった。だが、いまは大事なときだ。もっと注意する必要がある」

「そうします。約束します」僕は答えた。

もうひとりははげますようにぽんぽんと肩を叩いてくれた。「いい知らせもある」と言う。「まあ、ある意味でな。なんとか銃が手に入った。難しいだろうと思っていたが、まったくそんなこ

とはなかった。だが——これは悪い知らせだと思うが……」浮かない顔になった。「……私は射撃がおそろしく下手だとわかった。ともかくなにひとつ当てることができないようだ。練習しなければなるまい。ピラネージ、そう不安がらないようにな。いずれにせよ、この悪夢はまもなく終わるだろう」

「ああ、お願いですから！」僕は懇願した。「十六を殺さずにおきましょう！」

**もうひとり**は笑った。「そうしたらどうなる？　われわれが正気を失うまで追い込ませるのかね？　まさか」

僕は言った。「でも、計画がうまくいかないと十六が気づいて、こちらがどれだけ十六を避けているか悟れば、本人の**広間群**へ帰るかもしれませんよ」

**もうひとり**はかぶりをふった。「そんな見込みはない、ピラネージ。私は相手を知っている。十六は執念深い。ここを訪れることはやめないだろう」

## 暗闇の中の光

### アホウドリが南西広間群を訪れた年、第九の月十七日目の記載

三日たった。十六がわれわれの**広間群**にいた形跡はないかと見張り続けたが、その気配はなかった。それから、三日目の真夜中、急に目が覚めた。なにかに起こされたのだが、なんだかわか

らない。

僕は起きあがった。あたりを見まわす。どの窓でも星々が明るく輝いていた。第三北広間の一千もの像が星々に照らされ、まるで祝福するかのように広間を見おろしている。すべていつも通りだった。それなのに、なにか起こりつつあるという感覚を打ち消せない。

ひどく寒かった。僕は靴を履いてウールのセーターを着ると、第二北西広間へ歩いていった。どこもからっぽだ。なにもかも静まり返っている。みな平穏だった。

右側の扉を通って別の広間に入る。そこでかすかな物音が聞こえた。その音は不規則な間をおいて繰り返し、進んでいくうちに大きくなってきた。遠くで動物が吼えているかのようだ。

広間の反対側にある扉からぽっと淡い光が射した。その様子が目に入ったとたん、光は変化して明るさを増し、一筋の光線となって暗闇を切り裂くと、向かいの壁の前に並ぶ像を照らし出した！　そして、同じぐらい唐突にまた薄れた。

僕は扉に歩み寄って中をのぞいた。

隣の広間に誰かいる――懐中電灯を持っている誰かが、壁から壁へ、隅から隅へ、光の筋を投げかけて、暗闇の中でなにか、もしくは誰かを捜している。（光がふいに強まったり弱まったりしたのはそれが理由だった）その人物は叫んでいた。「ラファエル！　ラファエル！　ここにいるのはわかっているぞ！」

それはもうひとりだった。

「ラファエル！」また声をあげている。

静寂。

「君はここにくるべきではなかった！」と叫ぶ。

静寂。

「私はこの場所を隅から隅まで知っている！　逃げられはしないぞ！　いつかは見つけてみせる！」

静寂。

僕はできるだけ動作を抑えて広間に忍び込んだ。それでももうひとりは視界の端でとらえたらしい。ぱっとふりむくなり、僕が通り抜けたばかりの扉を懐中電灯で照らしたからだ。しかし、動きが急すぎて懐中電灯が手から飛び出し、敷石をかすめて転がった。光がひとりでに消える。

「くそ！」もうひとりは大声をあげた。

広間に暗闇が戻った。階下の広間群に潮が入ってくる。もうひとりはぶつぶつ言いながら懐中電灯を捜しまわった。

懐中電灯に目がくらんでからほとんど見えていなかったが、また星明かりに慣れてきた。はじめ見えたのは静かな広間だけだったが、やがて南側の壁沿いに東から西へ、ゆらりと動くものが目についた。ほのかにきらめく像を背に、かすかな灰色の影がちらついたにすぎず、あやうく気のせいかと思うところだった。しかし違った。その影は第五北西広間へ続く扉を通り抜けた。

十六！

もうひとりが懐中電灯を発見した。ふたたび光線を放つ。そして北側の扉のひとつから広間を出ていった。

　僕はその姿が消えるのを待ち、そして音をたてずにすばやく走って十六を追いかけた。第五北西広間への扉に自分の身を隠す。

　十六は広間に立っていた。もうひとりのように光線を持っている。だがもうひとりとは違い、むやみにふりまわしてはいなかった。そろそろと広間の壁に明かりをあてている。銀白色の強い光が美しい像の列を照らし、おのおのにあらためて不思議な影を与えていた。おかげで壁は巨大な黒い羽毛にびっしりと覆われているように見える。十六が懐中電灯をゆっくりと動かすにつれ、影の羽毛がのびては縮み、弧を描いては回転する。しかし、十六自身に関してはなにも見えなかった。まばゆい光の背後に映るしみにすぎない。

　十六は数分間像を見つめていた。それから光を壁から離し、第六北西広間に続く扉へ歩いていく。脇の柱を点検して、以前書いたチョークのしるしがまだあるか確認すると、そこを通り抜けた。僕はあとをつけ、次の扉の陰に隠れた。

　第六北西広間で、十六は僕が書いたメッセージを懐中電灯で照らした。しばらくのあいだみじろぎもせず立っている。みずからの邪悪さと向き合うといい、と僕は記した。その通りにしているのだろうか？　ふいに十六は膝をつき、すばやく字を書きはじめた。

　誰かが僕宛になにか書いてくれたことなど、いまだかつてない。

　十六は長いこと書き続け、理由ははっきりしないながら、僕はそのことがうれしかった。だが、そこで思った。〝なぜ喜ぶ？　メッセージが長かろうと短かろうとなんの意味がある？　読んではいけないと知っているだろう。読めば正気を失う〟。心の一部（とても愚かな部分）では、メッセージを読むためなら正気を失ってもいいぐらいだと感じていた。

十六の前の暗闇がふたつの黒い影へと融合し、バタバタと空気を打った。虚をつかれた十六は、警戒の叫びとともにとびあがった。

それは二羽のミヤマガラスにすぎなかった。いつもと違う動きに目を覚まし、なにが起こっているのか見にきたのだ。

「くるな！」十六は叫んだ。「くるな！　あっちへ行け！　忙しいんだから！」

十六の声は、予想していたものとはまるで違った。

僕はきたときと同じようにそっとその場を離れた。第三北広間まで戻ると、寝床に横になる。しかし、頭がいっぱいで眠れなかった。

## 十六からのメッセージを消す

アホウドリが南西広間群を訪れた年、第九の月十七日目の記載2

太陽が昇るとすぐ、僕は索引と日記をとってきた。索引のRの項をひらいたが、「ラファエル」という記載はなかった。

僕はさっと食べて館に恵みを感謝した。もうひとりに訊きたい質問があったが、今日はもうひとりと会う日ではなかったので、待たなければならないとわかっていた。第六北西広間に向かって出発する。ミヤマガラスたちが騒がしく挨拶してきたが、今日は話している時間がなかった。十六のメッセージは敷石の縦六十センチ、横八十センチほどの部分を占めていた。

文字が見える。

胸の鼓動が速くなる。僕はちらりと下に目をやった。

　わたしの名前は……

文字が見える。

……ローレンス・アーン＝セイルズ……

文字が見える。

　ミノタウロスの像がある部屋……

どうしたらいい？　メッセージが存在しているかぎり、読みたいという強い衝動を感じるのはわかっていた。破壊するしかない、と結論を下す。

僕は第三北広間へ駆け戻り、古いシャツとチョークをいくつか持ってきた。「シャツ」と言ったが、実際にはぼろぼろすぎてその名称に値しない衣類だ。それを二枚に裂いた。そのあとまた第六北西広間に走っていく。シャツの半分を目のまわりに縛りつけて目隠しにした。もう半分を片手で持つと、膝をついて敷石の表面をぬぐい、十六の文章を消していった。

数分後、目隠しを外して見てみる。あちこちにメッセージの断片が残っていた。

　　理解できますか？　わたしの名前　　　　察官　ファイルを読んであなた
の運　　は、ヴァレンタイン・キッタ　　　しかに今後被害者になりそうな人たちを
仕込んで、そしてわたしは　　オカルトを信奉しているローレンス・アーン＝セイ　　の弟子
　　わたしがそ　　に侵入したことを彼は知っていると考　　ここに六年近くも
い　、あな　は　　出る道があ　のは　　あなたが　　で苦しんでいるかもしれない
とわたしは　がかりで

このどれもたいして意味をなさなかったので――少なくともひとめ見たかぎりでは――きっと影響を受けてはいないだろう。（いままでのところ気分は悪くない）僕は膝をついて返事を書いた。

親愛なる十六
こちらの広間にとどまるかぎり、もうひとりはきみを殺そうとするだろう。彼は銃を持っている！
僕はきみのメッセージを読まずに消した。きみの言葉は僕に届いていない。僕は正気を奪われたりしていない。きみの計画は失敗した。
頼む！　きみがやってきたはるか遠くの広間群に帰ってくれ！

ピラネージ

## もうひとりに質問する

アホウドリが南西広間群を訪れた年、第九の月十八日目の記載

今日は十時に第二南西広間へもうひとりに会いに行った。

相手は空いた台座の脇に立っていた。ダークブラウンのウールのスーツと濃いオリーヴ色のシャツを着ている。ぴかぴかの靴は栗色だった。

「訊きたいことがあるのですが」僕は切り出した。

「そうか」

「なぜ僕に正直に言ってくれなかったのですか?」

**もうひとり**はひややかな顔つきになった。「私は常に君に対して正直にふるまっている」と答える。

「いいえ」僕は言った。「違います。なぜ十六が女性だと教えてくれなかったのです?」

**もうひとり**の表情は、半秒ほどのあいだに横柄な否定から苛立ちへ、しぶしぶながらの同意へと移り変わった。「よろしい」と認める。「君の言う通りだろう。しかし、女ではないと言ったことはないぞ」

この弁解は弱すぎて、僕はあきれた顔をしてみせた。「僕は何か月も十六のことを『彼』と言っていたんですよ」と言う。「それなのにあなたは訂正しなかった——一度たりとも。なぜです?」

**もうひとり**は溜め息をついた。「わかった。私がなにも言わなかった理由は、君を知っているからだ、ピラネージ。君はロマンチックなたちだ。ああ、自分では科学者だの理性の信奉者だのと言っているな——たいていの場合はその通りだ。だが、ロマンチックな性格でもある。現状でさえ、十六がもたらす脅威を納得させることは困難だと承知していた。しかし、相手が女だと知ればよけい難しくなるだろうと思ったのだ。女であれば君ははるかに強い関心を持つだろう。恋に落ちることさえあるかもしれないと思ったのでな。君が話しかけずにいられるとはまず考えられなかった。信じがたいかもしれないが、私は実のところ、君の面倒を見てやっていたのだ。君が十六を信頼しないことはきわめて重要だった。なぜなら十六は根本的に信用できないからだ。君わかるかね？」

　間があった。

「そうですか」と僕は言った。「面倒を見てくれてありがとう。あなたが言おうとしているほど簡単に女性に肩入れして影響されるとは思いませんが。これからはどうか隠しごとをしないでください」

「もっともだ」ともうひとりは言った。眉をひそめる。「それはともかく、どうしてわかったのだね？」声が警戒に鋭くなる。「あの女と話してはいないだろうな？」

「はい。第六北西広間で見かけて声を聞いたのです。向こうは僕を見ませんでした」

「声を聞いた？」もうひとりはさらに不安になったらしい。「話しかけていたのは誰だ？」

「ミヤマガラスです」

「ほう」間が空く。「おかしな話だ」

## 索引でローレンス・アーン＝セイルズを調べてみることにする

アホウドリが南西広間群を訪れた年、第九の月十九日目の記載

　ひとつのことに関しては、もうひとりの言う通りだった。僕は思っていたほど理性的ではない。以前はもうひとりがうぬぼれやおごり、高慢さから行動するのを見るたび、（こっそり）ほほえ

んでいた。僕の行動はひとえに理性だけに導かれている、と自信があったのだ。だが、それは自分をごまかしていただけだった。理性的な人間なら、決して第一北東広間で預言者に話しかけたりしなかっただろう。理性的な人間だったら、十六のメッセージが跡形もなく消えるまで第六北西広間の敷石をぬぐい続けただろう。

僕が興味をそそられてわくわくしたのは、十六が女性だったからではない——少なくとも、それだけではない。彼女が別の人間だったからだ。可能なかぎりなんでも十六のことを知りたい——いや、正気を失わないかぎりにおいて知りたい。（ここが厄介なところだ）

もうひとりには十六が書いたメッセージについて話さなかった。消したあとも不完全な語句や文がいくらか残っていて、手をつけずそのままにしてきたということも伝えていない。

……は、ヴァレンタイン・キッタ（リー）……これはもうひとりに言及している。預言者はもうひとりの名前がヴァル・キッタリーだと言っていた。十六がもうひとりについて書くのは不思議ではない。もうひとりによれば、十六は彼に執着していて破滅させたがっているそうだから。

……（た）しかに今後被害者になりそうな人たちを仕込んで、そしてわたしは……十六は彼女の被害者について自慢しているのだろうか？　これまで加えた危害や、この先加えるつもりの危害について？　はっきりしない。

……オカルトを信奉しているローレンス・アーン＝セイ（ルズ）の弟子……すべてがこの同じ人物、ローレンス・アーン＝セイルズに戻っていく。僕が預言者と同一だと信じている人物に。

……ここに六年近くもい（て）、あな（た）は……これがなにに言及しているのか明確ではない。

出る道があ（る）のは……不可解な断片だ。十六は出口について伝えたがっているようだ。しかし僕はこの広間群を知っている。どの入口も出口も。十六は知らない。

僕はもうひとりが呼んでいた名前を使い、索引で十六を調べた。彼女は載っていなかった。それなら、ローレンス・アーン＝セイルズを調べてみよう。

## ローレンス・アーン＝セイルズ

アホウドリが南西広間群を訪れた年、第九の月十九日目の記載2

僕はもう一度索引と日記を第五北広間へ持っていくと、ゴリラの像の向かいに腰をおろした。あの力と意志の強さが勇気をくれますように！　索引のAの項をひらいた。

ローレンス・アーン＝セイルズに関する記載は二十九か所あった。わずか一、二行のものもあれば、数ページにわたるものもある。半分ほどざっと目を通したが、いっこうに理解は深まらなかった。書いてある内容はひどくばらばらだった。出版物の一覧、経歴、引用、アーン＝セイルズが刑務所で会った人々の説明。〝ローレンス・アーン＝セイルズ　本を書くことのメリットとデメリット〟という見出しの記載に出くわした。本を書くという考えに強く心を惹かれたので、興味深く読んだ。

企画案　アーン＝セイルズについての本。慣習に逆らう思考をする人々――規律（可能性ということさえある）の範囲内で容認できると考えられているものごとを超えた思考の持ち主。異端者――の考えを探るもの。

これが僕の時間を有効に使うことになるかどうか確信がない。メリットとデメリット。

• アンガラド・スコットは著書『長いスプーン――ローレンス・アーン＝セイルズとその取り巻き』でまずまずの仕事をしている。（デメリット）
• とはいえ、スコットの強みは分析ではなく伝記としてだ。本人が最初に認めるところだろう。（メリット？　中立？）
• スコット自身は親切にはげましてくれ、力を貸してくれる気がある。別の本が執筆されるのを見たいそうだ。実に多くの予備知識を与えてくれ、もっと教えてくれると暗に示した。アンガラド・スコットとの電話のメモ、153ページ参照。（メリット）
• アーン＝セイルズはたいそう人目を引く題材ではないか？　大きなスキャンダル、裁判、実刑判決など。（メリット）
• アーン＝セイルズは慣習に逆らう考えをする人々の例として申し分ない――さまざまな意味で慣習に逆らっている――倫理的にも知的にも性的にも犯罪的にも。（メリット）
• 信奉者に及ぼす特別な影響、ほかの世界などを見たと信じさせる力。（メリット）

•アーン＝セイルズは学者／著述家／ジャーナリストと話すことを拒む。（デメリット）

•親しい知り合い――この世界とほかの世界を行き来していたと主張していた当時の彼を知っていた人々――は少ない。そのうち数人は姿を消し、残りの大半はジャーナリストと話そうとしない。（デメリット）

•アーン＝セイルズの教え子のうち、アンガラド・スコットと話をする気があったのはターリ・ヒューズだけである。スコットによればヒューズは情緒不安定で、妄想に襲われていた可能性もある。ジェームズ・リッターは二〇一〇年にジャーナリスト（ライサンダー・ウィークス）と会話した。話してみる価値があるのでは？　ウィークスによると、リッターはマンチェスター市役所の管理人として働いている。ウィークス自身が本を執筆中かどうかは確認する価値がある？（メリットもデメリットもなし――中立）

•アーン＝セイルズとつながりがあり、姿を消した人々の謎　マウリツィオ・ジュッサーニ、スタンリー・オヴェンデン、シルヴィア・ダゴスティーノ。（これは読者にとって強い魅力になるので、間違いなくメリット。僕自身が失踪すれば別だが。その場合はデメリット）

•おそろしく感じの悪い男について書くことに長い時間を費やすのは、精神的に負担がかかる可能性がある。アーン＝セイルズが悪意に満ちており、執念深く、人を思い通りに操ろうとし、意地悪く傲慢で、とにかく不愉快な人物だということについては、誰もが一致している。（デメリット）

これがどんな結果になるかよくわからない。ごくわずかにデメリット？

この文章は、ローレンス・アーン＝セイルズ自身についてほとんど教えてくれなかった。全部の中で最後の記載がいちばん有益だった。こうタイトルがついている。

「引き裂かれ、目がくらんで――主流から外れた思考の祭典」、グラストンベリー、二〇一三年五月二十四日〜二十七日において予定されている講演に関するメモ

ローレンス・アーン＝セイルズは、古代人は世界とのかかわり方が異なっており、自分たちと交流しているものとして世界を感じている、という考えから踏み出した。彼らが世界を観察しているときには、世界も彼らを観察しているのだ。たとえば川を船で移動しているなら、川はなんらかの方法で人々を背に乗せて運んでいることに気づいており、それどころか同意している。星々を見あげるとき、星座とは目に映る光景を整理できる模様にすぎないのではなく、意味を伝える媒体であり、はてしない情報の流れなのだ。世界はたえず古代の人間に話しかけていた。

こうした考え方は、いずれも多かれ少なかれ従来の哲学の歴史の枠内にとどまっているが、アーン＝セイルズが同輩と異なっていたのは、この古代人と世界との会話がたんに頭の中だけ

で生じるものではなく、現実の世界で起こっていたと主張したことだ。古代人が世界を認識していたやり方こそ、世界の真実の姿なのだ。これは彼らにとてつもない影響力と支配力を与えた。現実というものはみずから会話――わかりやすく明瞭な――に加わる力をそなえているばかりでなく、人間によって説得することもできた。自然は進んで人間の望みに折れ、その特性を貸してくれた。海は分かつことが可能であり、人は鳥に変身して飛び去ったり、狐に変身して暗い森に隠れたりする力を持ち、城は雲から作り出すことができた。

最終的に、古代人は世界に語りかけて耳をかたむけることをやめた。こうなったとき、世界はたんに沈黙しただけでなく変化を遂げた。人間とたえず交流していた世界の相は――それをエネルギーと呼ぼうと、力、精霊、天使、魔物と呼ぼうと――もはやとどまる場所も理由もなくなったため、離れていった。アーン＝セイルズの見解では、実際に、本当の意味で魔法が解けたのだ。

このテーマを扱った最初の出版作品（『シャクシギの鳴き声』アレン・アンド・アンウィン社、一九六九年）において、アーン＝セイルズはこうした古代人の力は取り返しがつかないほど失われてしまったと述べたが、二冊目を書いたころには（『風が奪ったもの』アレン・アンド・アンウィン社、一九七六年）それほど確信を持っていなかった。儀式を行う魔法を実験してみて、そうした力を持っていた人物と物理的なつながりを持てば、一部を取り戻すことは可能かもしれない、と考えていた。つながりとしていちばんいいのは、実際の遺物――問題の人物の遺骸（いがい）、もしくは遺骸の一部だろうと。

一九七六年、マンチェスター博物館には保存された湿地遺体四体のコレクションがあった。年代は紀元前一〇年から西暦二〇〇年のあいだで、発見された泥炭地、チェシャー州メアプールにちなんで名付けられていた。それぞれ以下の通り。

- メアプールⅠ（頭部のない遺体）
- メアプールⅡ（完全な遺体）
- メアプールⅢ（頭部だがメアプールⅠのものではない）
- メアプールⅣ（二体目の完全な遺体）

アーン＝セイルズがもっとも興味を持っていたのは、メアプールⅢ、頭部だった。占ったところ、その首が王か占者のものだったことが判明したと言っている。占者の持つ知識は、まさにアーン＝セイルズが自身の研究を進めるために必要なものだった。本人の説と組み合わされば、人間の知性における重大な分岐点となるだろうと思われた。一九七六年五月、アーン＝セイルズは博物館の館長に手紙を書き、みずから考案した魔法の儀式を行い、占者の知識を自分自身に移して人類の新たな時代を導くため、その頭部を借りたいと頼んだ。アーン＝セイルズが驚愕したことに、館長は断った。六月、アーン＝セイルズは五十人ばかりの学生を説き伏せ、博物館の外でこうした偏狭かつ時代遅れの考え方に抗議するデモを行った。学生たちは「頭部を解放せよ」と書いたプラカードを掲げた。十日後、二度目のデモがあり、その中で窓が一枚壊れ、警察ともみあいになった。このあとアーン＝セイルズは湿地遺体への興味を失ったようだった。

十二月の終わり、博物館はクリスマス休みで閉館した。新年にまた閉館したとき、職員は不法侵入があったことを発見した。博物館の内部でキャンプした形跡があったのだ。食べ物の屑、ビスケットの包み紙、その他のごみが散らばっていた。大麻のにおいがした。壁にペンキで書いた「頭部を解放せよ」の文句がふたたび見られ、床には蠟燭(ろうそく)の燃えさしがくっついていた。蠟燭は円を描いて立てられていた。盗まれたものはないようだったが、メアプールⅢが展示されていた陳列棚は壊れ、頭部には動かされた跡があった。蠟燭の蠟と宿り木がへばりついていたのだ。

警察と博物館の職員は当然のことながらアーン＝セイルズを疑った。だが、アーン＝セイルズにはアリバイがあった。エクスムーアにある農家で、誰か裕福な復興異教主義者(ネオペイガン)たちと冬至祭を過ごしていたからだ。ネオペイガンたち（ブルッカーと呼ばれる人々）がこれを裏付けた。ブルッカーたちはアーン＝セイルズをたぐいまれな天才、一種の異教の聖人として崇拝していた。警察は彼らの証言が信頼できるとは思わなかったが、反論するすべがなかった。

博物館への不法侵入で告発された者はいなかったものの、アーン＝セイルズは次の著書（『なかば視える扉』アレン・アンド・アンウィン社、一九七九年）で、世界と世界のあいだの道を歩むことができた、アディドマルスと呼ばれるローマン・ブリテン時代のブリトン人の占者について語った。

二〇〇一年、ローレンス・アーン＝セイルズが刑務所にいるあいだに、トニー・マイヤーズという男がロンドンの警察署に入っていき、陳述したいと頼んだ。マンチェスター大学に在学中、一九七六年のクリスマスの日に博物館へ侵入した、と話したのだ。窓を一枚壊して入り込み、入口をあけてほかの人々を入れたという。彼はアーン＝セイルズがほかのふたりの男と儀式を行っているところを目撃した。ふたりの男はヴァレンタイン・キッタリーとロビン・バナーマンだったと思うが、ずっと前のことなので確実ではないとの話だった。

どこかの時点でメアプールⅢの唇が動くのを見たが、言葉は聞こえなかった、とマイヤーズは言った。

マイヤーズは起訴されなかった。

アーン＝セイルズ自身は、メアプールⅢに使った儀式のことを決して書かなかった。どのみち一九七〇年代後半に考えを変えつつあったのだ。失われた信仰や力の内容よりも、それがどこへ行ったかというほうに関心を持った。失われた信仰や力が一種のエネルギーを構成するという以前の考えに基づき、このエネルギーがただ消えてしまうはずはなく、どこかへ行ったに違いないと述べた。これが彼のもっとも有名な説、「異世界理論」の始まりだった。簡単に言えば、知識や力がこの世界から出ていくときにはふたつのことが起こる。第一に、別の場所が創造される。第二に、そういった知識や力が前に存在していたこの世界と、新しく作った場所とのあいだに穴が残り、扉になるということだ。

野原に溜まった雨水を思い描いてみるといい、とアーン＝セイルズは言う。翌日野原は乾いている。雨水はどこへ行った？　一部は空中に蒸発する。一部は植物に吸収されたり動物が飲んだりする。だが、一部は地面にしみこんでいく。これは繰り返し起こる。何十年、何百年、何千年もしみこみ続けた水は、地中の岩にひびを入れる。その後、すりへったひびは穴になる。やがてすりへった穴が洞穴の入口になる――つまり一種の扉だ。水はその扉の奥へと流れ続け、洞窟をくりぬき、柱を彫りあげる。アーン＝セイルズによれば、われわれのいるところから、魔法が流れていった先までのどこかに、通路、扉があるはずだ。それはひどく小さいかもしれない。完全に安定しているわけではないかもしれない。地下の洞穴への入口と同様、崩壊する恐れがあることも考えられる。しかし存在はしているだろう。そして存在しているなら、見つけることは可能なのだ。

一九七九年、もっとも有名な三冊目の著書『なかば視える扉』が出版された。この中で彼は異世界についてのこうした考えを論じ、かなり苦労したすえ、そのひとつに足を踏み入れた経緯を述べている。

『なかば視える扉』（ローレンス・アーン＝セイルズ著）より抜粋

扉は一度見つければずっとそこにある。探しさえすれば目に留まる。困難なのははじめて見つけるという部分である。アディドマルスが与えてくれた洞察に従い、私が最終的に結論づけたのは、扉を視るには視力を浄化する必要があるということであった。このためには、世界に流動性があり、自分に反応してくれると最後に信じていた地理的な位置に立ち返らなければならない。要するに、現代の合理性にがっちりと精神をつかまれる以前に立った最後の場所に戻らなくてはいけないのである。

私にとって、これは自分が育ったライムレジスの家の庭であった。あいにく一九七九年までにこの家は何度か所有者が替わっていた。当時の所有者たち（凡庸な一般人のありふれた見本）は、数時間庭に立って古代ケルトの儀式を行わせてほしい、という私の依頼を冷淡にあしらった。べつだん問題はない。私は友好的な牛乳配達人から家人がいつ休暇をとるのか聞き出すと、その時期に合わせて戻り、「侵入」した。

庭に入った日は陰鬱な寒い雨の日であった。私は母が植えた薔薇に囲まれ（もっとも、いまでは耐えがたいほど低俗な花々と花壇を分け合うことを余儀なくされていたが）、土砂降りのなか芝生に立った。雨の向こうにはさまざまな色があふれていた——白、杏色、桃色、金、赤。

私はその庭で子どもだったときの記憶に集中した。世界と自分の精神が自由だった最後の時代に。当時は青いウールのロンパースを着て薔薇の前に立っていた。ペンキがいくらかはがれた金属製の兵隊を握っていた。

驚いたことに、思い出すという行為にはきわめて効果があった。たちまち精神が解放され、視力が浄化された。準備していた長く複雑な儀式はまったく無用のものとなった。私はもはや雨を見てもいなければ感じてもいなかった。幼少期の強くまばゆい陽射しの中に立っていたのである。薔薇の色合いが超自然的にあざやかであった。

まわりじゅうに異世界への扉が現れはじめたが、私は承知していた。望んでいるのは、ありとあらゆる忘れ去られたものが流れ込む世界への扉だ。この世界から離れていく古い考えが通過したため、その扉のへりはすりへってぼろぼろであった。

いまや扉は完全に視えている。アントワーヌ・リヴォワールとコケット・デ・ブランシェにはさまれた隙間にある。私は足を踏み入れた。

私が立っていたのは、石の床と大理石の壁を持つ広大な一室であった。それぞれ異なっているが、いずれもミノタウロスをかたどった八つの巨像に囲まれている。巨大な大理石の階段がはるか高みへ上っていき、同様にくらくらするほどの深みへと下っていく。奇妙なとどろき——海のような——が耳を満たした……

## 僕は落ち着きを保つ

アホウドリが南西広間群を訪れた年、第九の月十九日目の記載3

日記にあったローレンス・アーン＝セイルズのいくつかの理論の説明は、預言者自身が言っていたこととときわめて近い。（ふたりが同一人物であるというさらなる証拠だ！）アディドマルスの名をふたたび見つけた僕は、正しい綴りがわかってうれしかった。これは**もうひとり**が三か月前に儀式で呼びかけていた名前だ！　**もうひとり**はローレンス・アーン＝セイルズからアディド

マルスのことを学んだに違いない。（「あれの思いつきはどれもわしのものだ」と預言者は言っていた）

ある一文に首をひねる。〝世界はたえず古代の人間に話しかけていた〟。なぜこの文が過去形なのかわからない。世界はいまでも毎日話しかけてくる。

はじめのころよりもこの日記の記載を読むのがうまくなったと思う。どんなに曖昧な言葉に出くわしても落ち着きを保っている。不思議なエネルギーで脈動する単語や語句――「マンチェスター」や「警察署」のような――を見ても、もう心は乱れない。ほとんど無意識に、こうした記載を託宣者や占者が書いたもののように扱う癖がついているらしい。ひどく昂奮（こうふん）した、もしくは霊感を受けた状態の誰かが知識を分け与えているというふうに。ただし、簡単には処理できない未知の形になっているのだが。

ひょっとしたら、これを書いたとき本当に変性意識状態だったのでは？　この見解には説得力があると思うが、いくつかの疑問に答えていないままだ。その変性した状態に至るため、僕はなにをしたのだろう？　それに、ずっと自分が科学者だと考えていたのなら、そもそもなぜそんなことを実践したのだろう？

## 大洪水が訪れるだろう

アホウドリが南西広間群を訪れた年、第九の月二十一日目の記載

僕の定期的な仕事のひとつは潮の表を維持することだ。これを行うため、観察記録と僕が考案した一連の方程式に頼っている。数か月ごとに計算し、この先の何週間かで特別な発生がないかどうか確認する。このところあまりにも手いっぱいだったので、少々この仕事をほったらかしていた。今朝これに専念しようと腰をおろすと、すぐさまきわめて不安なことを発見した――一週間足らずで四つの潮が同時発生する！

このできごとをもう少しで完全に見逃すところだったと思うと衝撃だった！　最後にした一連の計算の対象期間は、もう二週間以上前に終わっている。義務を怠り、自分ともうひとりを命にかかわる危険にさらしてしまった！

僕は動揺してとびあがり、広間を早足で行ったりきたりした。「ああ、くそ！　くそ！　くそ！　くそ！」とつぶやく。「くそ！　くそ！　くそ！」しばらく無駄にうろうろしてから、きびしく自分に言い渡した。過去を嘆いてもしかたがない、いま必要なのは未来の計画を立てることだ。

また腰をおろすと、今後起こりそうなことをもっと正確に理解するため、さらに計算しはじめ

た。水の力と量によって——これをぴったり予測するのは難しい——四十室から百室の広間が浸水する。

さいわい今日は金曜日で、もうひとりと定期的に会う日のひとつだった。話したいと焦るあまり、僕は三十分近く前に第二南西広間に到着した。

相手が現れた瞬間、声をかける。「話があります」

もうひとりは眉をひそめ、抗議しようと口をひらいた。こちらに面談の主導権を与えることをいやがるのだが、今回は押し切った。「大洪水がきます！」と宣言する。「きちんと準備を整えなければ、本当に押し流されて溺れる危険があります」

たちまちもうひとりは耳をそばだてた。「溺れる？　いつだ？」

「六日後です。木曜日に。だいたい正午の三十分前に水が増えはじめます。東の広間群からの上げ潮に続いて……」

「木曜日？」もうひとりは力を抜いた。「ああ、それならいい。私は木曜日にはここにいない」

「どこにいるのですか？」意表をつかれて僕はたずねた。

「別の場所だ」と返事がくる。「重要なことではない。気にするな」

「ああ、そうですか」と僕。「まあ、それはよかった。洪水の中心は第一玄関の北西〇・八キロ地点あたりになるでしょう。絶対に水の道筋にはいないことです」

「私は大丈夫だ」ともうひとり。「君は平気か？」

「ええ、もちろん」僕は言った。「訊いてくれてありがとうございます。僕は南の広間群まで歩いていくつもりです」

「それはよかった」

「そうするとあとは十六だけです」僕はなにも考えずに口にした。「なんとかして……その……」言葉を切る。「つまり……」また言いかけて口ごもった。

間があいた。

「なんだと？」もうひとりが鋭く言った。「なんの話をしている？　十六といまの話にいったいなんの関係がある？」

「僕が言いたかったのは、十六がここの広間出身ではないということです」僕は答えた。「大洪水が訪れるのは知らないでしょう」

「ああ、そうだろうな。だからなんだ？」

「彼女に溺れてほしくありません」僕は言った。

「いいかね、ピラネージ。そうなればあらゆる問題が解決するぞ。だがともかく、どう転ぶにしても実際には問題ではない。君に十六と連絡をとる手段がない以上、警告したいと思ったところで不可能だろう」

沈黙が流れた。

「そうではないかね？」ともうひとり。「あの女と話してはいないのだろうな？」うかがうように鋭い視線を向けてくる。

「話していません」と僕。

「現在も？　以前も？」

「現在も。以前も」

「まあ、ではそういうことだ。なにが起ころうと君の責任ではない。私なら気をもんだりしないがな」

また間があいた。

「さて」とうとうもうひとりは言った。「君にはすることがあるのだろう」

「山ほどあります」

「その洪水の対策をしたり、いろいろとな」

「ええ、そうです」

「ふむ、ではそれは君にまかせよう」もうひとりは向きを変え、第一玄関へ歩いていった。

「さようなら」と僕は呼びかけた。「さようなら！」


あなたはマシュー・ローズ・ソレンセン？

アホウドリが南西広間群を訪れた年、第九の月二十一日目の記載2

なすべきことはあきらかだ。ただちに第六北西広間へ行って、十六に洪水がくると警告のメッセージを書かなければ！

歩きながら、僕はこの前十六に残したメッセージのことを思った——ここの広間群を離れてくれ、と頼み込んだやつだ。もしかすると、この期間に返事があったかもしれない。こんな答えがきているのではないだろうか。

親愛なるピラネージ
あなたの言う通りです。今日わたしの広間群に帰ります。

真心をこめて　十六

そうだとしたら、十六が洪水で溺れることを心配しなくてすむ。しかし、心の底では彼女の広間群に戻っていないことを期待していた。奇妙に思われるかもしれないが、帰ってしまっていたらきっと淋しく思うだろう。十六をのぞけば世界には自分ともうひとりしかいないし（これを読んだらきみは驚くかもしれないが）、もうひとりはいつでも最高の友人というわけではない。たとえ読む勇気がなくとも、十六が別のメッセージを書いているかどうか確認するのは楽しみだった。おそらく、僕が本当に書いてほしいと望んでいたのはこういう内容だろう。

親愛なるピラネージ
あなたのメッセージは有益でいろいろと参考になり、これを読んで、こちらが悪意を捨て去ることさえできれば、わたしたちは友人になれると気がつきました。会って話しましょう。あなたの正気を奪ったりしないと約束します。そのかわり、邪悪ではなくなるにはどうしたらいいか教えてくれませんか？

期待をこめて　十六

第六北西広間に着いた。ミヤマガラスたちが騒がしく挨拶してきた。敷石には、十六の最後のメッセージと僕の書いたメッセージがあった。だが、新しいものはない。十六は返事を書かなかったのだ。がっかりしたものの、こうなるのは当然だったと自分に言い聞かせる。読みもせずに十六のメッセージを消し続けるなら、相手が書き続けるはずがない。
僕はチョークをとりだして膝をついた。この前のメッセージの下に書く。

親愛なる十六
六日後にここの広間群で大洪水が起こります。どこもかしこもあなたや僕の背丈より深く水に沈むでしょう。
僕の見積もりでは、危険な区域は以下の範囲まで広がります。
ここから西へ広間六つ分

ここから北へ広間四つ分

ここから東へ広間五つ分

ここから南へ広間六つ分

洪水は三時間から四時間続き、その後水が引きはじめます。

その時間はどうかこの部分の広間にいないようにしてください。さもないと危険です。強い流れがあるからです。もし洪水に巻き込まれたら急いで上に登ってください！　親切な像たちが守ってくれるでしょう。

ピラネージ

注意深くメッセージを検討する。可能な範囲ではっきり書けているとして、ひとつだけ問題があった。僕がメッセージを書いた日を十六が知らなければ、「六日後」という表現は意味を持たないのだが、どうしてそんなことを知るはずがある？

今日の日付を書いてもよかったが、この日付は独自に考案したカレンダーによるものだ。十六が僕と同じカレンダーを考え出したということはありそうもない。

**追伸　今日は新月の翌日です。洪水の日は、上弦の月の日になります。**

僕に望めるのはせいぜい、十六がこの広間を訪れることを完全にやめてしまわず、警告を見てくれるようにということだけだ。

洪水がくる前に、水に流されないよう、プラスチックのボウル——真水を溜めるのに使うもの——を全部集めてくる必要がある。第六北西広間から遠くないところに二個あるのを知っていた。第二十四玄関の反対側の第十八北西広間だ。どうせ近くにいるのだから、いまとってきたほうがいいだろう。

僕は第二十四玄関へ歩いていった。この玄関で注目すべきなのは、浅く傾斜し、白い大理石の小石が積み重なった岸辺だ。この堆積が下層広間群へ続く階段の入口を一部ふさいでいる。長い時間をかけて潮が小石を積みあげたのだ。なめらかなまるい形で、とてもさわり心地がいい。色は純白で、美しい半透明に光っている。何度もこの斜面を乗り越えて、魚を獲ったり貝を集めたりしたものだ。そのたびに小石をぱらぱら落としていたが、斜面全体の形を変えるほどではなかった。

今日最初に気づいたのは、小石の一部が持ち去られていることだった。以前はくぼんでいなかった斜面の脇がへこんでいる。僕は仰天した。こんなことができたのは誰だ？　ミヤマガラスやカラスが貝を割るのに小さな石をさらっていくのは見たことがあるが、鳥は理由もなくたくさんの石を動かしたりしない。

僕はあたりを見まわした。玄関の北東の隅で、なにかが敷石に散らばっている。近づいてみた。遅まきながら小石が形を描いていることに気づく。文字だ！　十六がかたちづくった言葉だ！　視線をそらす間もなく、僕はメッセージ全体を読んでいた！　それは縦二十五センチほどの文字で書いてあった。

**あなたはマシュー・ローズ・ソレンセン？**

マシュー・ローズ・ソレンセン。名前。名前を作っている三つの言葉。

マシュー・ローズ・ソレンセン……

思い出か幻のように、目の前にある光景が浮かびあがってきた。

……都市にある多くの街路が合流する地点に立っているようだ。暗い空から黒っぽい雨がふりそそぐ。いたるところできらめく光、光、光！　さまざまな色合いの光がいっせいに濡れたアスファルトに反射している。四方八方に建物がそそり立つ。車が勢いよく走りすぎる。建物には言葉や画像が刻まれている。通りは黒々とした姿でいっぱいだ。最初は像だと思ったが、動いているので人間だとわかる。何千何万もの人々。いまだかつて頭に浮かんだこともないほど大勢の人間。あまりにも多すぎる。これほどの数という概念は心におさまらない。それに、なにもかも雨と金属と腐敗のにおいがする。この幻には名前があり、その名前とは……

だが、その言葉は、意識的な思考の隅でまたたいたかと思うと消え失せ、映像も消えた。僕はふたたび現実の世界にいた。

ふらりとよろめき、倒れそうになる。めまいがして喉がからからで、息が苦しかった。

玄関の壁際に並ぶ像を見あげる。「水がいる」とかすれた声で告げた。「水を一杯持ってきてくれ」

だが、そこにいるのはただの像で、水を運んでくる力は持たなかった。気高く落ち着いたまなざしでこちらを見おろすことしかできなかった。

## 僕は……

### アホウドリが南西広間群を訪れた年、第九の月二十一日目の記載3

十六はひそかな目的を達成する方法を見つけ出し、僕の正気を奪った！　書いたメッセージを消したらなにが起きた？　彼女は読まずに消すことが不可能なメッセージを作りあげたのだ！

〝あなたはマシュー・ローズ・ソレンセン？〟

〝僕は……〟僕はつっかえた。〝僕は……〟

最初はこれ以上続かなかった。

〝僕は……館の愛し子だ〟

〝そうだ〟

たちまち心が少し落ち着いた。そもそも、ほかの素性など必要だろうか？　そうは思わない。

ふと別の考えが浮かんだ。

〝僕はピラネージだ〟

しかし、本気でこれを信じていないのはわかっていた。ピラネージは僕の名前ではない。（ピラネージが僕の名前ではないということはほぼ確信している）

いつか、なぜ僕をピラネージと呼ぶのか、もうひとりに訊いたことがある。

彼はいくぶんばつが悪そうに笑った。「ああ、それか」（と言った）。「まあ、もともとは冗談のようなものだったと思うがね。なにか呼び名は必要だ。君に合っているしな。迷宮と関係のある名だ。君は気にしないだろう？　好まないようならやめよう」

「気にしませんよ」と僕は言ったものだ。「それに、あなたも言いましたが、なにか呼び名は必要ですから」

いまこの文章を書きながら、館の静寂が期待にはりつめているのを感じる。なにか特別なことが起こるのを待ち構えているようだ。

〝あなたはマシュー・ローズ・ソレンセン？〟

マシュー・ローズ・ソレンセンが誰なのか見当もつかないのに、どうしてこの質問に答えられるはずがある？　ひょっとすると、索引でマシュー・ローズ・ソレンセンを調べてみることが必要なのでは？

僕は第十八北西広間へ行き、ゆっくりと水を飲んだ。実にすっきりとしておいしい（ほんの数時間前まで雲だったのだ）。そこでひといき入れる。それから第二北広間へ向かい、索引と日記をとりだした。

〝あなたはマシュー・ローズ・ソレンセン？〟

マシュー・ローズ・ソレンセンは三つの名を持つため、索引で見つけにくい。まずSの項を調べた。ない。Rの項を調べた。三つの記載があった。

ローズ・ソレンセン、マシュー　二〇〇六～二〇一〇年の出版物、日記NO．21、6ページ

ローズ・ソレンセン、マシュー　二〇一一～二〇一二年の出版物、日記NO．22、144～145ページ

ローズ・ソレンセン、マシュー、「引き裂かれ、目がくらんで」用の略歴　日記NO．22、200ページ

最後の記載にいちばん見込みがありそうだった。

マシュー・ローズ・ソレンセンは、デンマーク人とスコットランド人の両親を持つ父親と、ガーナ人の母親のあいだに生まれた英国人の息子である。もともと数学を専攻していたが、ま

もなく（数理哲学と思想史を経由して）現在の研究分野――慣習に逆らう思考に興味を移した。現在、科学に逆らい、理性に逆らい、法に逆らった人物、ローレンス・アーン＝セイルズについての本を執筆中。


ローレンス・アーン＝セイルズが科学と理性を否定していた、とマシュー・ローズ・ソレンセンが信じていたのは興味深い。これに関しては正しくない。預言者は科学者であり、理性を好んでいる。僕は空中に向かって大きな声を出した。

「きみの意見には反対だ」

僕はマシュー・ローズ・ソレンセンを呼び出そうとしていた。罠にかけて正体をあきらかにしようとしたのだ。もし彼が本当に自分の忘れられた一部なのだとすれば、反論されることは好まないだろう。みずからの立場を主張するに違いない。

だが、うまくいかなかった。彼は僕の心の奥の暗がりから起きあがってきたりしなかった。あいかわらず空白、沈黙、欠落のままだった。

ほかの二か所の記載を見てみる。

最初のものはたんなる一覧表だった。


「〝いま、ここ、いま、いつでも〟――J・B・プリーストリーの時間物」、『テンプス』第六巻、85～92ページ

『抱擁／許容／検証／破壊――学界が専門外の発想をどのように扱うか』、マンチェスター大学出版局、二〇〇八年
「アウトサイダー数学の源泉――シュリニヴァーサ・ラマヌジャンと女神」、『季刊インテレクチュアル・ヒストリー』第二十五巻、204～238ページ、マンチェスター大学出版局

二番目の記載も同じものがもっと続いているだけだ。

「タイミー・ワイミー――『まばたきするな』（スティーヴン・モファット）とJ・W・ダンの時間理論」、『会誌　空間、時間とすべて』第六十四巻、42～68ページ、ミネソタ大学出版局
「〝精神の風車に見られる円形軌道〟――ローレンス・アーン＝セイルズの行った信奉者の搾取における迷宮の重要性」、『サイケデリアとカウンターカルチャー批評』第三十五巻、第四号
「ガーゴイルと大聖堂の屋根――ローレンス・アーン＝セイルズと学界」、『季刊インテレクチュアル・ヒストリー』第二十八巻、119～152ページ、マンチェスター大学出版局
『アウトサイダーの思考――ごく簡潔な紹介』、オックスフォード大学出版局、二〇一二五月三十一日刊
「時を旅する建築」――ポール・イーノックとブラッドフォードに関する記事、二〇一二年七月二十八日『ガーディアン』紙掲載

僕は苛立って長々と鼻息を吹いた。これはまるっきり使い物にならない！　マシュー・ローズ・ソレンセンがローレンス・アーン＝セイルズに興味を持っていたという事実（それがわかったところで世界にいる誰とも区別がつかない）をのぞけば、なにひとつ判明していない。もっと情報を振り出せるかのように、日記をゆさぶってやりたくてたまらなくなった。

僕は長いあいだ座って考え込んだ。

まだ索引で調べていない人物がひとりいる。それはもうひとりだ。いままでそのことは考えてみなかった。だが、もうひとりについて読んで、その中にマシュー・ローズ・ソレンセンへの言及が見つかったとすれば……そこで止まる。そうすればどうなる？　そうすればもうひとりがマシュー・ローズ・ソレンセンを知っているかどうか判断できるかもしれない。そして最終的には、マシュー・ローズ・ソレンセンが僕なのかどうか。

やってみても別に害はない気がする。実際、これから調べるかもしれない世界じゅうの名前の中で、もうひとり（The Other）がいちばん安全そうだ。もう何年も親しくしているのだから。僕は索引のＯの項をひらいた。もうひとりの記載は七十四個あった。もうひとりに関しては、ほかのどの件よりはるかに多く書いている。実のところ、その文章を全部入れるため、すでにＰの字の場所から二ページ割（さ）いていた。

次のようなものが見つかった。

**もうひとりによって行われた儀式**

もうひとりの談話、大いなる秘密の知識に関して
もうひとりが水没広間群の写真を撮れるようカメラを貸してくれる
もうひとりが星図を作ってほしいと僕に頼む
もうひとりが第一玄関を直接囲む広間群の地図を描いてほしいと僕に頼む
もうひとりが像は一種の暗号をかたちづくっており、ふたりで解読できるかもしれないと提案する

まだまだ続く。ついにいちばん最近の記載にたどりついた。

もうひとりが僕の記憶を試そうとして、無意味な言葉「バタ・シー」を使う
もうひとりが靴を一足贈ってくれる

二、三の記載にざっと目を通す。僕が手伝ったいろいろな儀式をもうひとりがどう行ったか。もうひとりがどんなに賢く科学的で洞察力に富み、眉目秀麗か。服装の詳細な描写も読んだ。これは少しおもしろかったが、現在の問題についてはまるで役に立たない。スタンリー・オヴェンデン、マウリツィオ・ジュッサーニ、シルヴィア・ダゴスティーノ、ローレンス・アーン＝セイルズの記載と違い、もうひとりに関する記載ではじめて見るものはなかった。隠れた意味を持って脈打っているかのような、謎めいた単語や言いまわし（「ウィアアレイ・レンジ」や「診療所」

のような言葉）を含んでいたりしない。どのできごともはっきりと憶えている。そして、どこにもマシュー・ローズ・ソレンセンの名は現れなかった。

僕は預言者がもうひとりをキッタリーと呼んでいたことを思い出した。そこでKを見た。記載は八つあった。最初のものは日記NO．2（以前の日記NO．22）の一八七ページに載っていた。

ドクター・ヴァレンタイン・アンドルー・キッタリー。一九五五年バルセロナ生まれ。ドーセット州プールで育つ（キッタリー家はドーセットシャーの旧家である）。軍人にしてオカルティストであるラナルフ・アンドルー・キッタリー大佐の息子。

ヴァレンタイン・キッタリーはローレンス・アーン＝セイルズの教え子で、のちにマンチェスター大学において社会人類学の研究員となった。一九八五年クレメンス・ヒューバートと結婚。一九九一年離婚。子ども二人。一九九二年、キッタリーはマンチェスターを離れ、ロンドン大学ユニバーシティカレッジで教職についた。同年六月『タイムズ』に手紙を書き、その中でわざと学生を誤った方向へ導いて操り、えせ神話や異世界の話を吹き込んだと糾弾して、おおっぴらにアーン＝セイルズと絶縁した。キッタリーはアーン＝セイルズを解雇するようマンチェスター大学に呼びかけた。（大学は一九九七年にアーン＝セイルズが不法監禁で逮捕されたときまで解雇しなかった）

近年、キッタリーはアーン＝セイルズに関するどんな質問にも答えることを拒んできた。

問い――僕と話をするか確認するため、キッタリーと連絡をとる価値はあるか？　バタシー・パーク近辺に住んでいる。

行動計画――ドクター・キッタリーに訊く質問の一覧を作る。

またおなじみの地点に戻ってきた。この記載は例によって、明解な言葉と意味のはっきりしない言葉――そもそも意味があるとみなすことにして――のごたまぜだ。僕が気づいて興味を持ったのは、あの謎の言葉「バタシー」がまた出てきたことだ（そして、中黒を入れるべきではないとわかった）。

索引に戻り、次の記載の位置を見つけようとしたが、そのときおかしなことに気づいた。残りの記載――七か所ある――はすべて連続したページになっている。日記NO．22の最後の十ページと、日記NO．23の最初の三十二ページは、全部キッタリーについてのものだった。日記NO．2（以前の日記NO．22）をひらく。最後の十ページが――ちょうど読みたいページが――なくなっていた。破れた端っこがノートの背に数枚残っているだけだ。日記NO．3（以前の日記NO．23）をめくると、同じものが見つかった。キッタリーに関する情報が載っている三十二ページ分が消えている。

僕は当惑して座り直した。

こんなことができたのは誰だ？　預言者だろうか？　キッタリーを嫌悪していたのは知っている。憎むあまり敵に関する文章を破壊したのでは？　あるいは十六だろうか？　十六は理性を嫌っている。ひょっとすると、人から人へ理性を受け渡せる手段である文字も嫌っているのかもしれない。いや、それでは筋が通らない。十六は文字を使って僕に長いメッセージを残した。それにどちらにせよ、預言者だろうが十六だろうが、どうやって僕の日記を見つけられる？　日記は（すでに説明したように）僕のメッセンジャーバッグにしまってあり、バッグ自体は第二北広間の北東の隅にある薔薇の茂みに囚われた天使の像の裏の空洞に隠してある。何百万もの像の中のたったひとつだ。預言者だろうと十六だろうと、どこを捜せばいいか、どうしてわかる？

僕は長いあいだ座ったまま考えた。このページを破った記憶はまったくない。だが、現実的にほかの誰にできた？　それに、ここしばらく、まるで記憶にないことが山ほど起きているとわかっている。まるで記憶にないことを山ほどしているのだ（たとえばこの不可解な記載を書くというような）。つまり、僕がページを破った可能性があるということだ。

しかし、僕が破ったのだとしたら、ページはどうなった？　どこへ行ってしまったのだろう？

僕は第八十八西広間で見つけた紙切れを持ってきた。調べるため、何枚かひっぱりだして広げてみる。一枚――隅の部分――には、231という数字がついていた。これは日記NO．2のページ番号だ。

僕は手早く――ほとんど熱に浮かされたように――紙片を組み合わせはじめた。二〇一二年十一月十五日から二〇一二年十二月二十日までと指定している期間に、およそ三十個の記載があった。いちばん長い記載は次のような見出しだ。〝二〇一二年十一月十五日のできごと〟

# 第五部　ヴァレンタイン・キッタリー

## 二〇一二年十一月十五日のできごと

僕は十一月なかばに彼を訪問した。四時を過ぎたところで、冷たく青い夕暮れどきだった。その日の午後は嵐で、車のライトには雨でモザイクがかかっていた。舗装が濡れた黒い葉とコラージュを作っている。

彼の自宅に着いたとき、音楽が聞こえた。レクイエムだ。僕は相手がベルリオーズの演奏とともに玄関に出てくるのを待った。

ドアがひらいた。

「ドクター・キッタリー?」と呼びかける。

年のころは五十から六十のあいだ、背が高くすらりとしている。顔立ちの整った男だ。頬骨が高く額が秀でた、行者を思わせる容貌だった。髪も目も濃い色で、肌はオリーヴ色だ。生え際が後退しかけていたがごくわずかで、少し尖った形にきちんと刈り込まれた顎ひげは、髪より白いものが多かった。

「ああ」と返事があった。「そして君はマシュー・ローズ・ソレンセンだな」

僕はその通りだと答えた。

「入りたまえ」相手は勧めた。

中に入ったときにも通りに充満していた雨の香は消えず、むしろ強まったことを憶えている。家の内部は雨と雲と空気、無限に広がる空間のにおいがした。海のにおいだ。バタシーにあるヴィクトリア朝様式のテラスハウスでは、どう考えてもおかしかった。

僕は居間に通された。ベルリオーズが鳴っている。キッタリーは音量をさげたが、まだ悲劇的なサウンドトラックが会話の背景で響いていた。

メッセンジャーバッグを床に置く。彼がコーヒーを運んできた。

「あなたは研究者ですね」僕は言った。

「研究者だった」相手はややうんざりしたように応じた。「十五年ほど前まではな。いまは精神分析医として個人で開業している。学会ではろくに歓迎されたためしがない。考え方もつきあう仲間も間違っていたのでな」

「アーン＝セイルズとの関係は役に立たなかったようですね？」

「ああ、まったくな。世間はまだ、私があの男の犯罪を知っていたはずだと考えている。私は知らなかった」

「まだ会っていますか？」とたずねる。

「いや、とんでもない！　二十年は会っていないとも」彼はいわくありげにこちらを見た。「君はローレンスと話したことがあるのかね？」

「いえ。もちろん彼について書いてはいますが。しかしいままでのところ、会うことは断られています」

「まあそんなところだろうな」

「僕と話したがらないのは、過去のことを恥じているからではないかと思ったのですが」と言ってみる。

キッタリーは短く辛辣な乾いた笑い声をあげた。「まさか。ローレンスに恥などあるものか。ただひねくれているだけさ。誰かが白と言えば黒と言う。君が会いたいといえば会おうとしない。そういう人間というだけだ」

僕はメッセンジャーバッグを膝の上に持ちあげ、日記をとりだした。最新の日記に加えて、その前の一冊（僕はほぼ毎日それを参照していた）と、日記の索引、次の一冊にする白紙のノート（いまの日記はほとんど終わりそうだった）も持ってきていた。

最新の日記をひらいて書きはじめる。

彼は興味深そうにながめた。「普通のペンと紙を使うのかね？」

「僕はすべてのメモに仕訳帳システムを使っているんです。情報の経過をたどるにはそれがいちばんいいと思うので」

「それで、君は記録をつけるのが上手かね？」彼はたずねた。「概して？」

「記録をつけるのはとても上手ですよ。概して」

「おもしろい」と彼。

「なぜです？　僕に仕事を提供したいんですか？」僕は訊いた。

相手は笑った。「わからんな。ひょっとしたら」言葉を切る。「君が実際に追っているのはなんだね？」

おもに興味を持っているのは、慣習に逆らう思考と、その考え方を系統立てて述べている人々、そうした人々がさまざまな分野で――宗教、芸術、文学、科学、数学など――どのように受け止められているかということだ、と僕は説明した。「そして、ローレンス・アーン＝セイルズは、慣習に逆らう思考の持ち主としてはずばぬけて優秀でした。あれほど多くの境界線を超えましたからね。魔法について書き、それが科学だというふりをした。非常に知的レベルの高い人々の一団に、異世界が存在していてそこへ連れていけると信じ込ませた。まだ非合法であった時代にゲイだった。男性をひとり誘拐したのに、今日に至るまで誰も理由を知らない」

キッタリーはなにも言わなかった。その顔はがっかりするほど無表情だった。なによりも退屈しているように見えた。

「思えばこれはみんな、ずっと前に起きたことでしたね」と共感を誘うように言ってみる。

「私の記憶力は優秀だ」相手はひややかに言った。

「ああ。まあ、それはよかった。僕はちょうどいま、一九八〇年代前半にマンチェスターにいたらどんな感じだったか思い描いてみようとしているところです。アーン＝セイルズと一緒に仕事をしていたら。雰囲気はどんなふうだったか。彼があなたにどういうことを言っていたか。どんな可能性をでっちあげていたか。そういったことを」

「そうだ」キッタリーは考えにふけりながら、一見ひとりごとを言っているようだった。「人は常に、ローレンスに関してそうした語句を使う。〝でっちあげる〟」

「その言葉に反対ですか？」

「もちろん、そんなくだらない言葉には反対する」彼は苛立たしげに言った。「君はローレンスがステージの上の手品師かなにかで、われわれがみな世間知らずのまぬけだとほのめかしているのだぞ。あれはそんなものではなかった。あの男は反論されるのが好きだった。こちらが合理主義的な観点を示してくるのを喜んでいたのだ」

「そして、そうすると……？」

「そうすると相手の議論を覆す。あの男の理論はたんなる手品の仕掛けではない。それどころか。なにもかも考え抜かれていた。その理論に関するかぎり、非の打ちどころがなく理路整然としていた。しかも知性と想像力を融合させることを恐れていなかった。〝近代以前の人間〟の考え方についての説明は、私がこれまでに出会ったどんなものより説得力があった」言葉を切る。

「人を操りたがる性格でなかったとは言っていない。間違いなくそういう人間だった」

「ですが、あなたはたったいま言ったのでは……？」

「個人的なレベルではだ。人間関係においてはたくみに操っていた。知的レベルではごまかしがなかったが、個人レベルではさんざん周囲を思い通りにしていたものだ。シルヴィアがいい例だ」

「シルヴィア・ダゴスティーノですか？」

「妙な娘だ。ローレンスにのめりこんでいた。一人っ子でな。両親と、とくに父親ととても仲がよかった。本人も父親も才能ある詩人だった。ローレンスはあの娘に、両親との口論を仕立てあげ、いっさい接触を断て、と命じた。するとシルヴィアはその通りにした。ローレンスにそうしろと指示されたから、そしてローレンスが偉大な魔術師にして占者であり、われわれ全員を人類の次の時代へと導こうとしているから、言われた通りにしたのだ。あの娘を家族から切り離したところで、ローレンスにはまったくなんの利益もない。これっぽっちも恩恵はない。あの男はそれができるからしたのだ。シルヴィアと両親に苦悩をもたらすために。残酷だからそうしたのさ」

「シルヴィア・ダゴスティーノは、姿を消した人々のひとりですね」僕は言った。

「そのことについてはなにも知らないぞ」キッタリーは答えた。

「アーン＝セイルズが知的な意味でごまかしがなかったと主張するのは無理だと思いますね。彼は異世界へ行ったことがあると言ったのですよ。ほかにも行った人たちがいるとも。それはちょっと正直とは言えないのでは？」僕の声には少々見下すような響きがあったかもしれない。おそらく抑えたほうがよかったのだろうが、僕はもとから議論に勝つことが好きだった。

キッタリーはいやな顔をした。なにかと闘っているようだった。話し出そうと口をひらいたものの気を変え、それから「君にはあまり好感を持てないな」と言った。

僕は笑った。「別にかまいませんよ」

沈黙が流れた。

「なぜ迷宮なのだと思います？」僕は問いかけた。

「どういう意味かね？」

「彼はなぜ、その異世界を――いちばん頻繁に訪れたと言っていた世界を――迷宮として描写したのだと思いますか？」

キッタリーは肩をすくめた。「宇宙の壮大さを描いたのだろう。存在の輝かしさとおぞましさがいりまじっていることの象徴。誰も生きて出ることは叶わない」

「わかりました」と僕。「でも、アーン＝セイルズがどうやってあなたにその存在を確信させたのか、まだよくわからないのですよ。迷宮の世界のことですが」

「ローレンスは、そこに渡れるという儀式をわれわれに行わせた。その儀式には……示唆に富む、というのか。暗示的、か。そうした面があった」

「儀式？　本当ですか？　アーン＝セイルズの立場は、儀式が無意味だというものだと思っていました。『なかば視える扉』でそんなことを言っていませんでしたか？」

「その通りだ。アーン＝セイルズが標榜（ひょうぼう）していたのは、本人としてはただ精神状態を調整し、子どものような驚嘆の念、理性以前の意識を取り戻すだけで迷宮世界に行けるということだった。それを意のままにできると主張していた。当然だが、われわれ――教え子たち――の大半はその方法ではどうにもならなかったので、アーン＝セイルズは迷宮に行くために行う儀式を創り出した。もっとも、われわれの能力が足りないために譲歩したのだ、とはっきりさせてきたが」

「なるほど。大半とは？」

「なんだと？」

「あなたがたの大半が儀式なしでは迷宮に入れなかったと言いましたね。ということは、可能な人も少しはいたというように受け取れるんですが」

わずかな間があった。

「シルヴィアだ。シルヴィアはローレンスと同じ方法で行けると思っていた。例の、驚異の念を取り戻すというやり方でな。さっきも言ったが、あれは妙な娘だった。詩人だ。多分に自分の頭の中で生きていた。あの娘がなにを見たと思っていたか、誰が知るものか」

「それで、あなたは一度でも見たことがありますか？　迷宮を？」

相手は考え込んだ。「おおむね、私が見たのはいわゆる暗示めいたものだ。広大な空間に立っている感覚――幅があるだけでなく、非常に高くもあった。そして――実に認めがたいが――しかし、そうだ、一度実際に見た。つまり、一度見たと思った」

「どんなふうでした？」

「ローレンスの説明とよく似ていた。古典様式の建物が互いに結びつき、はてしなく連なっているような」

「では、それがどんな意味を持つと思います？」僕はたずねた。

「なにも。あれにはまったくなんの意味もないと思っている」

短い沈黙があった。それから彼はいきなり言った。「君がここにきたのを誰か知っているかね？」

「はい？」僕は訊き返した。おかしな質問に思われた。

「君はさっき、ローレンス・アーン＝セイルズとのつながりが、私の学会での経歴に悪影響を及ぼしたと言ったな。にもかかわらず、研究者たる君がここにいて、そのことを全部ほじくり返し、蒸し返している。なぜもっと気をつけないのかと不思議に思っただけだ。君のご立派な経歴に傷がつくとは思わないのかね？」

「僕の手法に異議を唱える人がいるとは思いませんよ」僕は言った。「アーン＝セイルズについての本は、慣習に逆らう思考を扱うもっと広範な研究課題（プロジェクト）の一部なので。もう説明したつもりでしたが」

「ああ、なるほど」と彼。「すると、今日ここにきて私に会うと大勢に話したのかね？　友人全員に」

僕は眉を寄せた。「いいえ。誰にも話していません。現在なにをしているか、ふだん人には話しませんから。でもそれは別に……」

「おもしろい」彼は言った。

僕らはいわば反感を共有するように見つめあった。立ちあがって帰ろうとしたところで、唐突に声をかけられた。「本当にローレンスと、われわれに対するあの男の影響力を理解したいと思うかね？」

「はい」と僕。「もちろん」

「ではその場合、あの儀式を行うべきだな」

「あの儀式？」と問い返す。

「そうだ」

「それはつまり……」

「迷宮への道をひらく儀式だ。ああ」

「なんですって？　いま？」その提案には少々意表をつかれた。（しかし恐れてはいなかった。おびえる理由などあるだろうか？）「まだ憶えているのですか？」

「憶えているとも。言ったように、私の記憶力は優秀だ」

「ああ、まあ、その……長くかかりますか？」と確認する。「ただ、僕は予定が……」

「かかる時間は十二分間だ」彼は言った。

「ああ！　そうですか、わかりました。もちろん。やりましょう」と言って立ちあがる。「薬を摂取する必要はないですね？」とたずねた。「なにしろ、それはちょっと……」

　相手はまた少し馬鹿にしたような笑い声をあげた。「コーヒーを一杯飲んだだろう。そんなもので充分だと思うが」

　彼は窓のブラインドをおろした。マントルピースから蠟燭立てに差した蠟燭を一本とる。蠟燭立ては昔風の土台が四角い真鍮のものだ。室内のほかの家具はモダンなヨーロッパ風のミニマルアートで、あまりつりあっていない。

　僕は居間に立つことになった。廊下に続くドアと向かい合う位置だ。その部分に家具はなかった。

　メッセンジャーバッグ——日記と索引とペンの入った——をとりあげ、僕の肩にかけてよこす。

「これはなんのためです？」僕は眉をひそめてたずねた。

「ノートが必要になるだろう」と彼。「そら。迷宮に着いたときにな」

妙なユーモア感覚を持っているものだ。

（これを書きながら、一種の恐怖に襲われた。いまやこの先にくるものを知っているのだ。手がふるえてしまい、一瞬書くのを中断して悪寒を抑えようとしている。だが、当時はなにも感じなかった。危険が訪れるという悪い予感も、なにひとつ）

彼は蠟燭に火をともし、ドアをあけたすぐ外の廊下の床に置いた。廊下の床は居間の床と同じだった。オークの無垢材（むくざい）で床を張ってある。蠟燭立てを置いた場所にしみがあるのが目についた。オーク材のその部分が繰り返し蠟で汚されたかのようだ。黒っぽいしみの中に色が薄く汚れていない四角形があり、そこに蠟燭立ての台がぴったりはまった。

「蠟燭に意識を集中する必要がある」彼が言った。

そこで僕はそうした。

だが同時に、あの黒っぽいしみの中にある色の薄い四角と、そこにちょうど合う蠟燭立てのことを考えていた。そう、相手が嘘をついていると気づいたのはその時点だった。蠟燭はまさにあの場所に何度も何度も立てられ、彼は繰り返しこの儀式を行ってきた。まだ信じているのだ。いまだに異世界へ渡ることができると思っている。

僕はおびえているのではなく、半信半疑でおもしろがっているだけだった。そして内心で、儀式が終わったら嘘をあばくためにどんな質問ができるか、といろいろ考えはじめた。

彼は家の明かりを消した。あたりは暗く、床で燃えている蠟燭と、ブラインド越しに射し込む外の街灯のぼんやりとしたオレンジ色の光だけに照らされていた。

僕のやや後方に立った彼は、蠟燭から目をそらすなと指示した。それから、聞いたことのない言葉で詠唱しはじめた。ウェールズ語やコーンウォール語との類似から、ブリトン諸語ではないかと僕は推測した。まだ相手の秘密を発見していなかったとしても、その段階で察しがついただろう。まるで自分の行っていることを全面的に信じているかのように、自信と熱意をもって唱えていたからだ。

「アディドマルス」という名前が何度か聞こえた。

「さあ、目を閉じたまえ」彼が言った。

僕はそうした。

さらなる詠唱。秘密を発見したと楽しむ気持ちでしばらく持ちこたえたが、やがて飽きてきた。キッタリーは完全に言葉を捨て、腹の底から動物のうなり声めいたものを引き出しているようだった。ありえないほどの重低音から徐々に高くなり、大きく荒々しく、ますます異様になっていく。

すべてが切り替わった。

どのようにしてか、世界がただ停止したかのようだった。彼は沈黙した。ベルリオーズがコーラスのなかばで中断する。僕の瞼(まぶた)はまだ閉じていたが、暗闇の質が変わったのがわかった。もっと薄く涼しくなっている。空気はひえびえとしてずっと湿っぽく、霧に包まれたかのようだ。どこかでドアがあけはなたれたのだろうか。だが、それでは辻褄(つじつま)が合わない。一緒にロンドンのざわめきが止まったからだ。厖大な空間が広がっている響きがあり、まわりじゅうで波が鈍い音をたてて壁にぶつかっていた。僕は目をあけた。

広大な部屋の壁が周囲にそびえていた。ミノタウロスの像がいくつもそびえ、巨体があたりに影を落としている。大きな角が空中に突き立ち、厳粛な獣の表情はなにを考えているのか読み取りがたい。

僕は信じられないという思いでふりかえった。

キッタリーはワイシャツ一枚で立っていた。いかにもくつろいだ様子だ。驚くほど実験がうまくいったといわんばかりに、微笑を浮かべて僕のことを見ている。

「いままでなにも言わなくてすまない」とほほえむ。「とはいえ、本当に君と会えて喜んでいる。若く健康な男こそ、まさに私が望んでいたものなのでな」

「もとに戻せ！」僕は金切り声をあびせた。

彼は笑い出した。

そして、笑って笑って笑い続けた。

# 第六部　波

## 僕は間違っていた！

### アホウドリが南西広間群を訪れた年、第九の月二十一日目の記載4

僕は日記を膝に載せ、紙片を前にして、あぐらをかいて座っていた。どれも汚したくなかったので、ちょっと横を向き、敷石に嘔吐（おうと）する。体がぶるぶるふるえていた。

水を一杯、それに吐いたものをぬぐうためのぼろきれと追加の水をとってくる。

僕は間違っていた。**もうひとり**は友人ではなかった。友人であったことなどなかった。敵だったのだ。

まだふるえている。水の入ったカップを手にしていたが、しっかり持っていられない。

かつて僕は**もうひとり**が敵だと知っていた。いや、むしろマシュー・ローズ・ソレンセンが知っていた。だが、マシュー・ローズ・ソレンセンを忘れたとき、そのことも一緒に忘れたのだ。

僕は忘れてしまったが、**もうひとり**は憶えていた。いまなら、いつの日か思い出したらまずいと危惧していたのがわかる。僕をピラネージと呼んだのは、マシュー・ローズ・ソレンセンの名前を使わずにすむようにだ。記憶を刺激するかどうか確かめるため、「バタシー」のような言葉を口にして僕を試した。バタシーは無意味だと言ったとき、僕は間違っていた。無意味ではなかった。マシュー・ローズ・ソレンセンにとっては、なんらかの意味を持つ単語だったのだ。

しかし、どうして僕が思い出せないのに**もうひとり**は憶えているのだろう？

なぜなら、彼は**館**にとどまることなく、**もうひとつの世界**に戻っていたからだ。

いまや怒濤(どとう)のように真実が襲いかかってきた。重みで頭が割れそうだ。僕は両手で頭をつかんでうめき声をあげた。

〝わしは長くはとどまれんのだ〟と**預言者**は言っていた。〝この場所に長居することの結果はいやというほど承知しとる。記憶喪失、完全な精神の崩壊、その他もろもろ〟。**預言者**と同じく**もうひとり**も長居したことはない。一時間を超えて面談をのばしたことはないし、終わると立ち去った。あのとき**もうひとつの世界**に歩いていっていたのだ。

だが、もう一度忘れるのを防ぐことなど、どうやってできる？　**自分**がまたもやすべて忘れて**もうひとり**の友人となり、あれこれ計測し、写真を撮り、データを集めてやっているところが頭に浮かんだ。そのあいだじゅう相手に嘲笑(ちょうしょう)されているとは！　いやだ、いやだ、いやだ、いやだ、いやだ、いやだ、いやだ、いやだ、いやだ！　考えるだけでも耐えられない！　僕は両手で頭を押さえつけた。まるで、そうすれば物理的に記憶がもれることを防げるかのように。

十六のやり方をまねて**玄関**で大理石の小石を集め、文字を作ろう。縦一メートルの文字で書いてやる！　〝**思い出せ！　もうひとりはおまえの友人ではない！　私利私欲からマシュー・ローズ・ソレンセンをだましてこの世界に連れ込んだのだ！**〟　必要なら、**広間**という**広間**をばかでかい文章でいっぱいにしてやる！

〝……私利私欲から……〟　そう、そうだ！　それが鍵となる。マシュー・ローズ・ソレンセンをここに連れてきたのはそういう理由からだ。もうひとりは誰か――奴隷だ！――この広間群で暮らし、ここの情報を集めてくれる相手がほしかった。館に記憶を奪われると困るので、みずから実行する勇気はなかったのだ。

胸のうちに猛烈な怒りが湧きあがった。

なぜ、なぜ洪水のことを教えてしまったのだろう？　洪水について気づく前にこのことがわかってさえいれば！　そうすれば内緒にしておけた。木曜日がくるまで待ち、水の被害に遭わずにすむ高い位置に登って、あの男の破滅を見物してやれたのに。そうだ！　いま求めているのはそれだ！　まだ遅くはないかもしれない！　もうひとりのところへ戻ろう。にっこり笑っていつも通りにふるまい、あいつにだまされたようにだましてやろう。洪水のことで間違っていたと言おう。洪水などこない。木曜にここにいるようにと！　この広間群の真ん中に！

だがもちろん、木曜日にはこないともうひとりは言っていた。木曜にここにいたことは一度もないのだ。安全なもうひとつの世界にいるつもりだろう。かまうものか！　怒りが智慧(ちえ)を生む！もうひとりは火曜日に会いにくる――われわれが定期的に会う日だ。あいつにとびかかり、魚の網でぐるぐる巻きにしてやろう。この手でやってみせるぞ！　魚の網は二枚ある。合成ポリマー製でとても頑丈だ。第二南西広間の像に縛りつけてやる。二日間拘束しておく。洪水がくると知っておびえるだろう。飲み水ぐらい与えるかもしれない。与えないかもしれない。「もうすぐたくさん水が手に入りますよ！」と声をかけてみようか。そして木曜日には潮が扉から押し寄せ、あいつは声のかぎりに叫び続けるだろう。僕は笑いに笑ってやる。あの男がマシュー・ローズ・

ソレンセンをここに連れてきたときに笑ったのと同じぐらい、長々と大声で笑ってやる……

自分を見失ったのはこのあたりだった。

僕は自分を忘れてひたすら病んだ復讐の妄想にふけった。休もうとは思わなかった。食べることも、水を飲むことも頭になかった。長い時間が過ぎた——いったい何時間だったのか。ふらふらとさまよいながら、幾度ももうひとりが洪水で死んだり、はるか高みから転落したりという場面を想像した。ときにはどなりつけて責め立てたし、ときには冷然と黙りこくった。どうして敵にまわるのか教えてくれ、と懇願されても応じなかった。いつでも救える状況にあったが、決して助けてやらなかった。

こうした想像のおかげで疲れ果ててしまった。本当に誰かを百回殺しても、ここまでぐったりすることはないだろう。腿も背中も頭もずきずきと痛む。涙と叫び声で目と喉がひりひりした。

夜が訪れたとき、僕は第三北広間へ帰った。そして寝床に倒れ込んで眠った。

## 僕の友人はもうひとりではなく十六だ

アホウドリが南西広間群を訪れた年、第九の月二十二日目の記載

今朝目が覚めたときには、きのう感情を爆発させたおかげで疲れきっていた。第九玄関へ行って海藻(かいそう)とムール貝を集め、朝食用のスープを作った。ぼんやりとしてうつろな気分で、これ以上

怒る気力もなかった。それでも、こんなに心が空虚なのに、ときおり唇から嗚咽やすすり泣きがもれた――孤独を訴えるかすかな音が。

声を出しているのは自分ではないはずだ。自分の中のどこかに無意識状態で眠っているマシュー・ローズ・ソレンセンだろう、と僕は思った。

彼は苦しんだ。敵とふたりきりだったのだ。耐えきれるものではなかった。もうひとりに愚弄されたのかもしれない。マシュー・ローズ・ソレンセンは、隷属させられた経緯を書いた日記の該当部分をずたずたに引き裂き、第八十八西広間に撒き散らした。そのあと、館が憐みをかけて眠りに落とし――それはなによりいいことだった――僕の中におさめた。

だが、第二十四玄関に小石で書かれていた名前を目にして、彼は落ち着きなくみじろぎした。もうひとりがなにをしたか発覚したことは、いっそう事態を悪化させただけだった。完全に目を覚ましてしまい、また最初から苦しむことになったら、と僕は心配した。

胸に片手をあてる。〝ほら、静かに！〟と声をかけた。〝こわがらないでくれ。きみは安全だ。もう一度眠りなさい。僕がふたりとも面倒を見るから〟

マシュー・ローズ・ソレンセンはふたたび眠りに落ちたようだった。

僕はこれまでに読んだ日記の記載をすべて思い返した――ジュッサーニ、オヴェンデン、ダゴスティーノ、そして気の毒なジェームズ・リッター。以前は書いたときに頭がおかしくなっていたのだと思った。しかしいまでは、その結論が間違っていたことがわかる。あの記載を書いたのは僕ではない。彼が書いたのだ。しかも、別の世界で書いており、そこではきっと、違う規則や環境や条件が適用される。おそらくマシュー・ローズ・ソレンセンはあれを書いたとき正気だった。彼も僕も、頭がおかしくなっていたことなどないのだ。
別のひらめきが訪れた。僕の正気を奪いたがったのは十六ではなくもうひとりだ。十六が僕を錯乱させようとしていると言ったとき、もうひとりは嘘をついていた。
僕は海藻とムール貝のスープを飲んだ。体力を保っておくことは大切だ。それから、もう一度日記をとりあげた。十六が書いたあと、僕が断片だけを残して消してしまったメッセージに戻る。

　　は、ヴァレンタイン・キッタ（リー）　（た）しかに今後被害者になり
そうな人たちを仕込んで、そしてわたしは　オカルトを信奉しているローレンス・アーン＝
セイ（ルズ）の弟子

いまではこの一節全体がキッタリーのことだとわかる。十六が話していた被害者とは、十六自身が危害を加えた相手ではなく、（十中八九）キッタリーの被害者に違いない。ほかの人たちも罠にかけてこの世界に連れ込んだのだろうか？「今後なりそうな」という言葉は、僕が唯一の被害者だと十六が信じていることを示している。

わたしがそ（の）　に侵入したことを彼は知っていると考（え）

これもキッタリーに言及している。十六がここの広間にきたことをキッタリーが知っていると言っているのだ。（実際知っているのは、僕が教えたからだ。内心でおのれの愚かさを呪った）

では、なぜ十六はやってきたのだろう？

マシュー・ローズ・ソレンセンを捜しているからだ。もうひとりの奴隷にされている状態から救出したいと思っているのだ。いまやはっきりとそれがわかった。僕の友人はもうひとりではなく十六だ。

そう考えると涙があふれてきた。唯一の友人なのに、当の相手から隠れていたとは！

「僕はここにいる！　僕はここにいる！」空中に向かって叫ぶ。「戻ってきてくれ！　もう隠れたりしないから！」

これまでに何度も彼女を見つける機会はあったはずなのに。第六北西広間で膝をついて僕にメッセージを書いていた夜、話しかけられたはずだ。第一玄関に残っていた芳香のところで待つことも可能だった。もしかしたら、僕を捜すのをあきらめてしまったかもしれない！　あんなふうに隠れたり、メッセージを消したりしたのを見て、うんざりしてしまったのではないだろうか。

いや、違う。彼女は第二十四玄関であの文章を作った。〝あなたはマシュー・ローズ・ソレンセン？〟あれだけ小石を並べるには時間がかかっただろう。十六は辛抱強くて意志が強く、創意工夫に富んでいる。まだ僕を捜しているはずだ。

ひょっとすると、もう洪水について警告するメッセージを見つけているかもしれない。なにか返事を書いてくれた可能性もある。僕はスープを作ったボウルと片手鍋を洗った。持ち物を整理してから、第六北西広間へ向かって出発した。

近づいていくと、ミヤマガラスたちが騒ぎ立てた。〝わかったわかった。僕もきみたちと会えてうれしいよ〟と伝える。〝ただ今日はすることがあるから、足をとめてゆっくり会話してはいられない〟

十六から新しいメッセージはなかった。だが、とても気がかりなことが起きていた。洪水について警告した僕のメッセージが消え失せていたのだ。ふたりの書いたほかのメッセージはすべて残っているが、それだけがない。僕は当惑して、からの敷石をながめた。なにがあったのだろう？　いろいろ忘れてしまったことはわかっている。いまや起こっていないことを思い出しはじめているのか？　実際にはあのメッセージを書いてなどいなかったのだろうか？

第六北西広間を通り抜け、十六が〝あなたはマシュー・ローズ・ソレンセン？〟というメッセージを並べた第二十四玄関へ入る。その文を作っていた小石が、敷石の広範囲に散らばっていた。文字がめちゃめちゃに壊されている。

もうひとりだ。もうひとりがやったのだ。確信があった。

第六北西広間へ戻り、敷石を注意深く調べる。僕の警告があった場所に、チョークの痕がうっすらと見えた。もうひとりはこのメッセージも消したらしい。

なぜ？

僕にマシュー・ローズ・ソレンセンのことを知らせまいとして小石を散らした。それだけはたしかだ。だが、どうして十六へのメッセージを消したのだろう？　偶然危険な区域にまぎれこんで洪水で死ぬことを期待して？　いや、もうひとりは期待したりしない。計画を練り、行動する。十六に溺れてほしいのなら、確実にそうなるようにするだろう。

三か月前、もうひとりから最初に十六のことを聞いたとき、彼女と話したことがあると言っていた。しかし、その会話がどこで行われたのかと訊くと、うろたえて教えようとしなかった。それはもうひとつの世界で行われたからであり、僕からその存在を隠しておきたかったからだ。もうひとりはもうひとつの世界で十六に接触し、洪水の時刻にこの広間群へくるよう説き伏せるつもりだ。もしかしたらすでに話しているかもしれない。十六があぶない。

僕は膝をつき、さっさと手際よくもうひとりが消したメッセージを復元した。いまから木曜日までに十六がここにくれば、メッセージを見て洪水の警告を受け取るだろう。だとしても……木曜日までには五日しかない。そのあいだにこなかったら？　充分にありうることではないだろうか。どこかほかの場所（別の世界）からきていると知ったいま、彼女の訪れは不規則で予測がつかないものという気がする。十六が警告を目にしない危険がある以上、気が気ではなかった。たえず十六の安全に心が戻っていくのに、これ以上守る手段を思いつかないのだ。

## 洪水への備え

アホウドリが南西広間群を訪れた年、第九の月二十六日目の記載

隠された人物をのぞいて、死者は全員洪水の道筋に位置している。日曜日、僕はみんなを安全な場所へ運ぶ作業を始めた。

毛布を一枚とりあげ、ビスケット缶の男の骨をまとめて移す——ビスケット缶の中に入っている骨以外の全部だ。海藻の紐で毛布を縛って一種の袋にすると、第二玄関へ運び、階段を上って上層広間群へ持っていった。そこで毛布の中身をあけ、両腕に子羊をかかえた女羊飼いの像の台座にその骨を置いた。それからビスケット缶をとりに戻る。

アルコーヴの人々と体を折りまげた子どもも同じようにして、それぞれ階段——どれでもいつもの住まいに近い階段——を運びあげ、上層広間群の一室に注意深く納めた。魚革(ぎょかく)の男は中身を出さず、毛布にくるんだままにしておいた(骨の細かい破片が多すぎて、いくつかなくしてしまうのではないかと心配だったのだ)。同様に、体を折りまげた子どもも毛布に包んだままにしたが、それはどちらかといえば、よく知らない場所でも安心してほしかったからだ。

その作業を終えるのにほぼ三日間かかった。各死者の骨の重さは二・五キロから四・五キロのあいだで、階段は高さ二十五メートルだ。それでも力仕事をするのはいいことだった。おかげで、

もうひとりに加えられた危害や十六に関する不安についてくよくよと悩まずにすんだ。

　アホウドリの雛（いまではとても大きな鳥だ！）のことを忘れてはいなかった。第四十三玄関がどう洪水の影響を受けるか一連の計算をしてみて、せいぜい薄く水が張るぐらいだろうとわかり、ほっとした。アホウドリは僕のことを友人だと思っているが、雛をかかえて階段を上ることは許してくれないだろう――喧嘩になったら間違いなく向こうが勝つ！

　きのうは火曜日で、通常ならもうひとりとの面談に行く日だった。僕は行かなかった。勘ぐられるだろうか？　それとも洪水に備えるのに忙しいのだろうと思われるだけだろうか？

　薔薇の茂みに囚われた天使の像（その背後の空間に日記と索引を置いている）は床からおよそ五メートルで、おそらく洪水から安全に守れる高さだろう。しかし、日記と索引はほとんど命同然に大切なものなので、残らず茶色い革のメッセンジャーバッグに入れると、上層広間群まで持っていき、ビスケット缶の男の隣に置いた。魚獲りの道具すべて、寝袋、深鍋や平鍋、ボウル、スプーン、その他の持ち物は、洪水が届かない高い場所へしまいこむ。最後の仕事は、残っているプラスチックボウル（真水を集めるのに使っているもの）を回収してくることだった。

　いましがた第十四南西広間から最後のボウルをいくつか集め、第三北広間に持ち帰ってきた。途中で第一西広間を通りすぎた。角ある巨人たちの像があるところだ。顔をゆがませ、力をふりしぼって東の扉の両側の壁から突き出ている、あの巨大な姿。

　広間の北東の隅あたりになにかが見え、確認に行った。グレーの生地のバッグで、脇に黒いキャンバス地の品物がふたつ置いてあった。バッグは長さ八十センチ、幅が五十センチ、深さ四十センチほどだった。キャンバス地でできた、やはりグレーの持ち手が二本ついている。僕はそれをとりあげた。ひどく重い。また下に置く。金属のバックルで留めてあるキャンバス地のストラップ二本にとても興味をそそられていた。バックルを外してバッグをひらく。中身を全部とりだしてみた。次のようなものだった。

- 銃一挺
- 高密度で重いビニール製の折りたたんだ生地がたくさん。間違いなくバッグ内でいちばん大きな品はこれだった。バッグの大部分を占めており、色は青と黒とグレーだ。
- しっかりした蓋のついた小型の円筒形容器。中に用途のはっきりしない小さな物体がいくつか入っている。
- もっと大きな円筒を斜めに切り落としたようなもの。中から黄色いホースが出ている。
- およそ二メートルの長さまで延長できる黒いプラスチックの棒二本。
- 黒い櫂(かい)の形をしたもの四つ

この品々を一、二分観察してから、櫂の形のものは黒い棒の端にとりつけられることに気がついた。折りたたんだ生地を広げてみると、両端が尖った細長く平たい形になった。円筒を切ったようなものはふいごかポンプだ。細長く平たい形のものに空気を送り込むとふくれあがり、長さ四メートル、幅一メートルほどのボートになる。

僕はバッグの脇に置いてあった黒いキャンバス地の品物を調べた。たくさんのストラップがたれさがっている。おそらくボートに付属するものだろうと結論づけたが、それ以上は用途がつきとめられなかった。

なぜ洪水の前日、いきなり館にボートが現れたのだろう？　館が僕を守るために贈ってくれたのか？　この命題を検討してみる。過去にもほかの洪水はあったが、ボートが現れたことはない。それに、館がボートを贈ってくれる可能性は想像できても、銃を贈ってよこす状況はまったく想像がつかない。いや、この銃がバッグの所有者を明確に示している。これはもうひとりのものだ。

ボートをたたみ、なにもかもきちんとバッグに戻した。銃以外なにもかもだ。銃を拾いあげると、しばらく手にしたまま考えた。これを持っていって第一玄関の大階段から下層広間群へおりてもいい。潮の中に投げ込むこともできる。

僕は銃をバッグに戻し、バックルを留めた。そして第三北広間へ帰った。

## 波

アホウドリが南西広間群を訪れた年、第九の月二十七日目の記載

今日は洪水の日だ。僕はいつもの時間に起きた。緊張しきっていて、胃がきりきりした。その日は寒く感じられ、肌に触れる空気から、すでに玄関で雨が降っていることがわかった。

食欲はなかったが、それでもスープを少し温め、むりやり自分に飲み込ませた。体の栄養状態を良好にしておくことは重要だ。片手鍋とボウルを洗い、最後に残った持ち物を高い像の裏にしまった。腕時計をつける。

八時十五分前だった。

いちばん大切な目的は、十六を見つけて安全を確保することだ。しかし、どうやったら達成できるか、最善の策がさっぱりわからない。もうひとりはきっと十六への罠を仕掛けているだろう。もっとも可能性が高いのは、時間を指定してどこかの広間で待ち合わせ、マシュー・ローズ・ソレンセンを見つける方法を教えると約束することだ。つまり、十六を発見するにはもうひとりを捜すのがいちばん確実だが、避けられるものなら近づきたくない。預言者の言葉を思い出した。

〝十六が接近すればするほどキッタリーは危険になる〟

十六がもうひとりに会う前に見つけられればいいのだが。

僕は第一玄関に行った。鈍色(にびいろ)の雨の中に立ち、十六が現れないかと期待して待っていた。九時から十時までは、隣接した広間群を捜してみた。誰もいない。十時に第一玄関へ戻った。

十時半には第一玄関から第六北西広間まで歩きはじめた。十六の案内通りに道筋をたどる。とぼとぼと六回往復しても見つからなかった。僕は心配でいてもたってもいられなくなってきた。

第一玄関に引き返す。もう十一時半だった。ここから広間ふたつ分西北にある第九玄関で、最初の潮がすでにいちばん東の階段を上っている。まわりの広間の敷石に細かい波のうねりが走っていた。

ほかに手立てがない。もうひとりを捜さなくては。そう決断を下したその瞬間、本人が目の前に現れた。(なぜ十六がこうしてくれなかったのだろう?) もうひとりはきびきびと第一玄関を東から西へ横切った。雨をよけて頭をひっこめている。着ているものは普段の服装との違いが際立っていた。ジーンズ、古いセーターとスニーカー、セーターの上におかしなハーネスのようなものをつけている。〝ライフジャケットだ〟と僕は思った。(いやむしろ、頭の中でマシュー・ローズ・ソレンセンが思った)

向こうは僕を見なかった。第一西広間に入っていく。僕は音をたてずにあとをつけ、扉の近くの壁龕(へきがん)に自分の体を隠した。

もうひとりはすぐに空気注入式ボートの入ったバッグのところへ行き、中身を出しはじめた。僕は十六がこないかと見張り続けながら待った。もうひとりの注意がよそにそれているので、十六が広間に入ってきても、まだ途中で止める隙があるかもしれない。

もうひとりの背後から少し離れた広間の西の端で、敷石の上にきらりと光が見えた。並んだ北西の扉から水が薄く流れ込んでいる。僕は腕時計を見た。ここから広間五つ分南西にある第二十二玄関で、別の潮がすでに上昇し、勢いよく階段を上ってきている。

もうひとりはボートを広げた。小型のポンプをとりつけ、足で空気を送り込みはじめる。ボートはすいすいとふくらみだした。

水が第二と第三南西広間を満たしつつある。そこの壁を波が打つ鈍い音が聞こえた。

そのとき僕は気づいた。十六は賢い。少なくとも僕と同じくらいか、もっと頭がいいかもしれない。洪水についてなにも知らないとしても、もうひとりを信頼することはないだろう。マシュー・ローズ・ソレンセンが現れることを期待して、僕がしているように観察しながら待つはずだ。ふいに、自分と十六がふたりとも第一西広間に隠れ、お互いに姿を現すのを待ち受けている光景が頭に浮かんだ。これ以上隠れている余裕はない。僕は壁龕から進み出て、もうひとりのほうへ歩いていった。

近づいていくと、相手は目をあげて顔をしかめた。ボートに空気を入れる作業は中断していない。その二メートルほど左側に、いまやからになったあのグレーのバッグがあり、その脇の敷石に銀色の銃が横たわっていた。

「いったいどこへ行っていた?」彼は怒気をおびた不機嫌な声を出した。「なぜ火曜日にあそこにいなかった? あらゆるところを捜したぞ。水浸しになると言われたのが十室だったか百室だったか思い出せなくてな」足でポンプを押す速度が遅くなっている。空気注入式ボートの空気はほぼ満杯になっており、足にかかる抵抗が強まっているのだ。「計画を変更せざるを得なかった。面倒だがしかたがない。ラファエルがここにくる。いやがおうでもこの件に決着をつけなくてはならん。だからばかげたことは言わないでくれ、いいかね? なぜかというとな、ピラネージ、もう私は誰にも彼にもうんざりしているのだ」

「〝僕は十一月なかばに彼を訪問した〟」と僕は言った。「〝四時を過ぎたところで、冷たく青い夕暮れどきだった〟」

もうひとりはポンプを押すのをやめた。ボートはいまや外側がぴんと張り。ぱんぱんにふくらんでいた。「次にシートをとりつける」彼は言った。「そこにある黒いものだ。とってくれたまえ」用途がわからなかったふたつの奇妙な品物を指さす。「この部屋に水が入ってきたら、君と私はこのカヤックに乗る。ラファエルが一緒に乗り込もうとしたり、しがみついてきたりしたら、櫂を使って手や頭を叩いてやれ」

「〝その日の午後は嵐で、車のライトには雨でモザイクがかかっていた〟」僕は続けた。「〝舗装が濡れた黒い葉とコラージュを作っている〟」

**もうひとり**は**空気**が入る部分のバルブをいじっていた。「なんだと?」いらいらと訊き返す。

「なんの話をしている? さっさとそのシートを渡してくれ。急いで行かなくては。いつあの女がきてもおかしくない」

「〝彼の自宅に着いたとき、音楽が聞こえた〟」僕は言った。「〝レクイエムだ。僕は相手がベルリオーズの演奏とともに玄関に出てくるのを待った〟」

「ベルリオーズ?」彼はやっていることを止め、背筋をのばすと、はじめてまともにこちらを見た。眉をひそめる。「私はそんな……ベルリオーズ?」

僕は言った。「〝ドアがひらいた。『ドクター・キッタリー?』と呼びかける〟」

自分の名前の響きに相手は凍りついた。目が大きくみひらかれる。「なんの話をしている?」恐怖でしゃがれた声で、もう一度そう問いかけた。

「バタシー」と僕。「前にバタシーを憶えているかと訊いただろう。いまは憶えている」

ドーン!……ドーン!……**第二十二玄関**の潮の音が大きくなった。さっきより強く**第二**と**第三**

南西広間の壁にぶつかっている。

「あの女のメッセージを見たのか」彼は言った。

「ああ」僕は答えた。

水の薄い波紋が敷石をさっと横切って足にあたった。すぐに次の波が続く。

彼は急に声をたてて笑った。ヒステリーをほっとしたように見せかけた、妙な音だ。「いやいや！」と言った。「そう簡単にはひっかかるものか。それは君の言葉ではない。別人の台詞だ。実際には憶えてなどいないだろう。ラファエルが入れ智慧して言わせているのだ。まったく、マシュー、私がそれほど愚かだとでも思っているのか？」

いきなり右側へ、敷石に置いてある銃のほうへ身を投げる。だが、僕は慎重に自分の位置を選んでおり、その場所に彼より近かった。足でたくみに蹴りつけると、銃は大理石の敷石の上をすべっていき、およそ十五メートル先で北側の壁の前に転がった。さらなる波――いまやもっと高い――が足もとを横切っていく。われわれみんなが銃と遊んでいて、波がそれをつかまえようとしているかのように、いくつもの波が銃を追った。

「なにを……？　なにをするつもりだ？」もうひとりがたずねた。

「十六はどこだ？」僕は問い返した。

相手は口をひらいてなにか言おうとしたが、その瞬間声が聞こえた。「キッタリー！」と叫んでいる。女性の声だった。十六がきたのだ！

音から判断して、南側の扉のひとつに隠れているようだ。広間にこだまが響き渡る状態に慣れていないもうひとりは、混乱した様子であたりを見まわした。

「キッタリー」彼女はふたたび呼ばわった。「マシュー・ローズ・ソレンセンを捜しにきました」

もうひとりは僕の右腕をつかんだ。「ここにいるぞ！」と声をあげる。「私のもとにいる！　こっちにきて連れていけ」

潮のとどろきが大きくなっていた。その力で広間全体が鳴り響いている。南側の扉から水がどっと流れ込んできていた。

「気をつけて！」僕は叫んだ。「彼はあなたに危害を加えるつもりです。銃を持っています！」

小柄で華奢な人影が第一南広間に続く扉から踏み出した。ジーンズをはいて緑のセーターを着ている。黒髪を後ろでポニーテールにしていた。

もうひとりは僕をつかんでいた右手を離した（といってもまだ左手で押さえていたが）。それから右手のこぶしを握り、腕と体をそらして勢いをつけ、僕を殴ろうとした。だが僕は一緒に動いて体勢を崩させた。相手が床になかば倒れ込む。僕は体を引き離し、十六のほうへ駆けつけた。

走りながら大声をあげる。「洪水がくる！　高いところへ登らないと！」

その言葉を彼女がどれだけ聞き取ったのかわからないが、声の切迫した調子は理解してくれたらしい。僕は彼女の手をつかんだ。僕らはふたりで東側の壁へ走った。

角ある巨人たちの像が目の前の東の扉の両側にそびえていたが、よじ登るわけにはいかなかった。体が床から二メートル上の壁から突き出ており、そこまで手も足もかけるところがなかったからだ。左の巨人の隣には、幼い息子を両腕にかかえて座る父親の像があった。父親は息子の足から棘（とげ）を抜いている。僕はそのふたりのいる壁龕に、続いて台座に登った。父親の膝に乗り、脇にある円柱のひとつにしがみつくと、父親の腕と肩と頭を足場にして、壁龕の上にある三角形のペディメントによじ登る。十六はあとに続こうとしたものの、僕ほど背が高くないうえ、たぶん登ることに慣れていないのだろう。像の膝まではたどりついたが、次にどうしたらいいか途方に暮れているようだった。僕はすばやくまたおりると、体を持ちあげてやった。僕の助けを借りて、彼女はペディメントに体をひっぱりあげた。

　正午だった。第十と第二十四玄関では最後のふたつの潮が上昇し、そのあたり一帯は逆巻く波で荒れ狂っていた。

　ペディメントから五十センチばかり上に、広間の端から端まで続く奥行きのあるコーニス、つまり棚があった。僕らはペディメントの勾配（こうばい）を登りきり、上のコーニスに体をひきあげた。いまや床から七メートルほど上にいる。十六は蒼ざめてふるえていたが（登るのが好きではないのはあきらかだ）、覚悟を決めたけわしい表情だった。

　とつぜん、ピシッという鋭い音が続けざまに――たぶん四回――空気を引き裂いた。一瞬、水の重量と振動で広間が崩落したと思って慄然とする。広間を見渡すと、もうひとりがまだ（そこなら安全だろうに）ボートに乗り込んでいないのが目に入った。それより銃を回収しようと北側の壁へ駆け寄っていたのだ。僕らを狙って撃ってきている。

「ボートに乗れ！」僕はそちらへ向かって叫んだ。「手遅れにならないうちにボートに乗れ！」

　彼は再度発砲し、僕らの頭上の像に弾があたった。額に鋭い痛みが走る。僕は声をあげた。片手をあてがって離すと血まみれだった。

もうひとりは流れる水を渡って歩いてこようとした――たぶん銃をもっと効率的に撃とうと考えたのだろう。

僕はもう一度、潮がすぐそこまで迫っている！　というようなことを大声で呼びかけた――だが、四方八方から水のすさまじい轟音（ごうおん）が響いてきたので、聞こえたかどうかはあやしい。銃を撃ってくる相手がいなければ、コーニスの上にいられただろう。（そうすれば、水が予想より高くなっても、さらに登ればよかった）だが、現状では身を守るものもない無防備な状態だ。

僕らの一メートルかそこら下で、角ある巨人の上腕が壁から突き出ている。背中と壁のあいだには隙間があり、大理石のポケットのようになっていた。僕は飛び移った。横に約二メートル、下に約一メートルの距離だ。楽々とやってのけた。十六を見あげる。不安そうに目を大きくしていた。僕は両腕を広げた。彼女が飛んだ。僕は抱き止めた。

これで巨人の体によってもうひとりの銃からさえぎられた。僕は大理石の背中でのびあがり、肩越しにのぞいた。

もうひとりは僕らに背を向け、ボートにたどりつこうとしていた。しかし、もはや遅すぎた。水が膝まで達し、ぶつかりあう波にひきずられていく。もがいているうちに体が重くなったように見え、対照的にボートはより軽く自由になっていった。ボートが水の上ではねては、広間の一方から別の部分へくるくると動きまわる。いま北側の壁の前にいたと思えば、次の瞬間西側の壁へ向かう途中にいる。もうひとりはあちこち向きを変えて追いかけたが、かろうじて二、三歩進むころには、めざすものはまるで違うところにいた。

　ふいにボートは持ち込まれた用途を思い出したようだった。彼を助けようと決心したようだ。向きを変え、まっすぐそちらへ進んでいく。もうひとりは両腕をのばし、つかまえようと前のめりになった。あとわずか五十センチでつかめそうだ。一瞬、舳先に手がかかったと僕は思った。それから、ボートはくるりとまわり、広間の西の端に運ばれていってしまった。

「登れ！　登れ！」僕は叫んだ。もうボートをつかまえるには間に合わないが、高い場所に登れば助かるかもしれない。しかし、広間へ流れ込む水の音にかき消され、僕の声は届かなかった。彼はむなしくボートを追い、必死に水の中を歩き続けた。

　隣の広間ですさまじい波音と轟音が響き渡った。水の重みが西側の壁にぶちあたる。ドーン!!!そのとき僕は、角ある巨人の上におりたことを感謝した。まだコーニスに立っていたら、壁からふりおとされていただろう。だが、角ある巨人はしっかり支えてくれた。

天井まで届くほどの水しぶきが北側の扉から噴き出した。飛沫が陽射しを反射する。まるで、百もの樽につめこまれたダイヤモンドがいきなり広間に撒き散らされたようだった。

巨大な波がつぎつぎと北側の扉を抜けて押し寄せる。そのひとつがもうひとりをさらって南側の壁に投げつけた。床から十五メートルほどの位置で像に激突する。たぶん彼が死んだのはそのときだろう。

波が引いた。もうひとりも一緒に姿を消した。

一方、小さな空気注入式ボートは水の上でまわり続けた。つかのま波にのみこまれることがあっても、必ずまたすぐ現れた。ボートにたどりついてさえいれば助かっただろうに。

## ラファエル

### アホウドリが南西広間群を訪れた年、第九の月二十七日目の記載2

波が南側の壁にあたって砕けた。勢いよくはじけた白い飛沫が広間に満ちる。最下段に並んだ像が水に沈んだ。水の色は嵐のような鉛色(なまりいろ)で、深いところは黒かった。波は何度か頭の上にかぶさってきたものの、たちまち引いていった。ずぶぬれで感覚を失い、視界がとざされて耳も聞こえなかったが、そのたびに僕らは生き残った。

時が経過した。

波がおさまり、水が落ち着いてきた。階段と下層広間群へ流出しはじめる。最下段の像の頭部が水の表面にふたたび出てきた。

この間ずっと、十六と僕は言葉を交わしていなかった。どうせ波の轟音でお互いの声は聞こえなかっただろうし、相手とみずからを助けることに集中していたからだ。ほかのことは考える余裕もなかった。ようやく僕らはふりかえって顔を見合わせた。

十六は大きな黒い瞳と妖精めいた顔を持っていた。きまじめな表情をしている。僕より少し年輩で――四十ぐらいだろう、と僕は思った。髪が濡れて真っ黒だった。

「あなたは十……あなたはラファエルですね」と口をひらく。

「わたしはサラ・ラファエルです」彼女は言った。「そしてあなたは、マシュー・ローズ・ソレンセンですね」

〝そしてあなたは、マシュー・ローズ・ソレンセンですね〟。今回は質問というより、言い切っていた。これはどう考えても時期尚早だ。質問のままにしておいたほうがよかっただろう。だが、もし質問として発されていたら、どう答えていいかわからなかったに違いない。

「彼はあなたを知っていましたか？」僕はたずねた。

「誰がわたしを知っていました？」と訊き返される。

「マシュー・ローズ・ソレンセンです。マシュー・ローズ・ソレンセンはあなたを知っていましたか？　だからここにきたのですか？」

彼女は口をつぐみ、僕がたったいま言ったことを咀嚼（そしゃく）した。それから慎重に言った。「いいえ。あなたとは一度も会ったことがありません」

「ではなぜ？」

「わたしは警察官です」彼女は言った。

「ああ」と僕。

僕らはまた黙り込んだ。ふたりともさっきのできごとで呆然としていた。まだ視界一面に猛り立つ水の光景が映っており、耳全体にその音がこだましている。心の中はもうひとりが波の力で像の並ぶ壁に叩きつけられた瞬間でいっぱいだった。いまお互いに交わす言葉などなかった。

ラファエルは現実的な事柄に注意を向けた。僕の額の傷を調べ、それほど深くないと述べた。もうひとりの銃弾があたったのではなく、むしろ割れた大理石のかけらがかすめたのだろうと考えているようだった。

水位は下がり続けた。最下段の像の台座ほどの高さになったとき、僕はどうやって角ある巨人からおりようかと考えはじめた。きた道を戻るわけにはいかない。それだとコーニスにとびあがることになるからだ。ラファエルに可能だとは思えなかった。(実のところ、僕にもできるかどうか自信がない)

「あなたがおりるのに使えるものをとりに行ってきます」と伝える。「心配しないでください。なるべく早く帰ってきますから」

僕は巨人の胴を伝い、下にとびおりた。水は腿まで達していた。ざぶざぶと第三北広間へ歩いていくと、持ち物を置いた場所まで像を登っていった。なにもかも水しぶきで湿っていたが、水浸しになってはいない。魚の網と真水の瓶一本、それに干した海藻を少し持ち出した。(体に水分と栄養を補給しておくのは大事なことだ)

第一西広間へ戻っていく。水はさらに減り、僕の膝の高さになっていた。僕はまた角ある巨人によじ登った。ラファエルに水をいくらかやり、干した海藻を少し食べさせる(もっとも、好みではなさそうだった)。それから、魚の網を束ねて巨人の腕の一方に結びつけた。敷石の上、五十センチほどの高さにぶらさがっている。どうやって網を使っておりるか、ラファエルに見せてやった。

僕らはばしゃばしゃと第一玄関へ歩いていき、大階段を上って水の届かないところまで行った。そこで腰をおろす。濡れた服が体にはりついていた。僕の髪――黒い巻き毛――は雲のように細かな水滴に覆われていた。動くたびに雨が降る。

その場所で鳥たちに見つかった。さまざまな種類――セグロカモメ、ミヤマガラス、クロウタドリにスズメ――が像や手すりの上に集まり、種々の鳴き声でさえずりかけてきた。

「すぐ出ていくから」と伝える。「心配するな」

「え?」ラファエルが驚いてたずねた。「なんのことでしょう」

「鳥たちに話しかけていたのですよ」僕は言った。「どこもかしこも大量の水ばかりでおびえているのです。すぐに出ていくから、と伝えていました」

「ああ!」とラファエル。「あなたは……あなたはよく鳥に話しかけるんですか?」

「ええ」と僕。「でも、びっくりした顔をする必要はありませんよ。あなただって鳥に話しかけていたでしょう。第六北西広間で。耳にしました」

その言葉に彼女はいっそうめんくらった顔をした。「わたしはなんて言っていました?」と問いかける。

「くるな、と言っていました。あなたは僕にメッセージを書いているところでしたが、なにをしているのか調べようと鳥たちが顔の前や書いたものの上を飛びまわって、邪魔になったので」

彼女は少し考えた。「それは、あなたが消してしまったメッセージ?」とたずねる。

「ええ」

「どうして消したんです?」

「なぜかというと、もうひと……なぜかというと、あなたが僕の敵だとドクター・キッタリーに言われたからです。あなたが書いたものを読めば正気を失うと。それでメッセージを消しました。でも、一方で読みたくもあったので、全部は消さなかったのです。あまり論理的に考えてはいませんでした」

「あの人のせいで、ずいぶんたいへんな目に遭いましたね」

「ええ。そうなのでしょうね」

沈黙が流れた。

「わたしたち、ふたりともびしょぬれで冷えきってますね」ラファエルが言った。「行ったほうがいいんじゃありませんか?」

「どこへ行くのです?」僕は訊いた。

「うちへ」とラファエル。「つまり、ふたりでわたしの家に行って、体を乾かせばいいというつもりでした。そのあとあなたを家へお連れできますし」

「僕は家にいますよ」僕は答えた。

ラファエルはあたりを見まわすと、あるいは壁に打ち寄せ、あるいは像からしたたっている、くすんだ鈍色の水に目をやった。口はひらかなかった。

「いつもはこれよりずっと乾いているんです」僕の家がしけっぽく住みづらい場所だと思われないように、すばやく言う。

しかし、彼女はそんなふうに考えていたわけではなかった。

「お伝えしなければならないことがあるんです」と言った。「憶えているかどうかわかりませんが、あなたにはお母さんとお父さんがいます。あとお姉さんがふたり。それに友だちも」じっとこちらを見つめる。「憶えていますか？」

僕はかぶりをふった。

「みんなあなたを捜していました」とラファエル。「でも、どこを捜したらいいかわからなかったんです。心配していましたよ。みんな……」また目をそらし、内心を表現するのにふさわしい言葉を見つけようとする。「みんなつらい思いをされていました。あなたがどこにいるかわからなかったので」と続けた。

僕はこの台詞を検討した。「マシュー・ローズ・ソレンセンのお母さんとお父さんとお姉さんたちと友だちがつらい思いをされたのはお気の毒です」と言う。「でも、本当のところ、僕となんの関係があるのかわかりません」

「あなたは自分のことをマシュー・ローズ・ソレンセンとは思っていないんですか？」

「ええ」と僕。

「でも、あなたは彼の顔をしている」とラファエル。

「ええ」

「手も」

「ええ」

「足も体も」

「全部その通りです。でも、僕の心は彼の心ではないし、その記憶も持っていません。ここにいないと言っているわけではありませんよ。彼はここにいます」胸もとに手を触れる。「ただ、眠っているのだと思います。彼は大丈夫ですよ。心配しないでください」

彼女はうなずいた。もうひとりのように論争好きな人柄ではないらしい。僕が言うことにいちいち反対したり否定したりすることはなかった。そういうところが好きだ。「あなたは誰です？」彼女は問いかけた。「もし彼ではないのなら」

「僕は館の愛し子です」

「館？　館というのはなんです？」

なんとも奇妙な質問だ！　僕は両腕を広げて第一玄関、第一玄関の先に続く広間群、ありとあらゆるものを示した。「これが館です。ほら！」

「ああ。そういうことですね」

僕らは一瞬沈黙した。

それからラファエルが言った。「あなたに訊いておかないと。わたしと一緒に、マシュー・ローズ・ソレンセンのご両親とお姉さん方のところへ行く気はありますか？　生きているとわかれば、ずいぶん支えになるでしょうから。また離れることになるとしても――つまり、あなたがここに戻らなければならないとしても、心の支えになるでしょう。そのことはどう思いますか？」

「いまは無理です」僕は言った。

「わかりました」

「ビスケット缶の男に必要なことを考えてやらなければならないので――それと体を折りまげた子どもと――アルコーヴの人々にも。あの人たちの世話をするのは僕しかいませんから。いまは見慣れない環境にいて、動揺しているかもしれません。みんなを所定の場所に戻さないと」

「ここにほかにも人がいるんですか？」ラファエルが驚いてたずねた。

「ええ」

「何人？」

「十三人。僕がいま言った人たちと、隠された人物もです。でも隠された人物は上層広間群のひとつにいて、洪水の影響を受けなかったので、彼か彼女かわかりませんが、動かす必要がなかったんです」

「十三人！」ラファエルの黒い瞳が驚愕に大きくなった。「まさか！　みんな無事ですか？」

「ええ」と僕。「大丈夫ですよ。僕がちゃんと世話をしていますから」

「でも、それは誰なんです？　その人たちのところへ連れていってもらえますか？　スタンリー・オヴェンデンはここにいますか？　シルヴィア・ダゴスティーノは？　マウリツィオ・ジュッサーニは？」

「ああ、ひとりがスタンリー・オヴェンデンなのはほぼ確実でしょうね。間違いなく預言……間違いなくローレンス・アーン＝セイルズはそう考えていましたよ。もうひとりがシルヴィア・ダゴスティーノで、別のひとりがマウリツィオ・ジュッサーニかもしれません。残念ながら、誰が誰なのか見当がつきませんが」

「どういう意味です？　みんな自分が誰なのか忘れてしまったんですか？　本人たちはなんと言っています？」

「いや、本当のところ、たいしてなにも言いませんね。みんな死んでいますから」

「死んで！」

「そうです」

「ああ！」ラファエルはこのことを処理するのに一瞬時間をかけた。「あなたがきたときにはみんな死んでいたんですか？」とたずねてくる。

「そう……」僕は言葉を切った。興味深い質問だ。以前は考えてみたことがなかった。「そうだと思います」と言う。「全員がずっと前に死んでいたと思いますが、ここにきたことを憶えていないので、確実には言えません。ここにきたのはマシュー・ローズ・ソレンセンが経験したことで、僕ではないので」

「ああ、そうなんでしょうね。でも、どういう意味ですか、世話をしているって？」

「みんなきちんと整えておくようにしています。できるだけ全部そろったきれいな形で。食べ物と飲み物、睡蓮（すいれん）も持っていって供えています。それに話をしていますね。そちらの広間群にあなたの死者はいないんですか？」

「います。はい」

「供え物はしませんか？　話をしたりしないのですか？」

ラファエルがこの問いに答える前に、僕は別のことを思いついた。「死者が十三人いると言いましたが、正確ではありませんでしたね。ドクター・キッタリーが数に加わりましたから。遺体を見つけて、ほかの人たちと一緒に眠れるよう準備をしなくては」両手を打ち合わせる。「ですから、ほら、しなければならない作業が山のようにあって、いまこの広間群を離れることは考えられないんです」

ラファエルはゆっくりとうなずいた。「それはいいんです」と言う。「時間はたっぷりありますから」彼女は片手をさしだし、ややぎこちなく――それでいてやさしく――僕の肩に乗せた。

そのとたん、おそろしく気まずいことに、僕は泣き出した。胸がきしむような嗚咽がこみあげ、目から涙があふれだした。泣いていたのが僕だとは思わない。僕の目を通して、マシュー・ローズ・ソレンセンが泣いていたのだ。それは長い時間続き、やがて弱まって、空気をのみこんでしゃくりあげる耳ざわりな音へと変わった。

ラファエルはまだ僕の肩に手をかけていた。僕が手の甲で目と鼻をぬぐっているあいだ、そつなく視線をそらす。

「あなたは戻ってきますか?」僕は問いかけた。「いま僕が一緒に行かなくても、戻ってきてくれるでしょう?」

「あした戻ってきます」彼女は答えた。「夜かなり遅くなりそうです。それで大丈夫ですか?どうやってお互いを見つけましょうか」

「ここで待っています」と僕。「どんなに遅くてもかまいません。あなたがくるまで待っています」

「それから、わたしが言ったことを考えておいてくれますね？　あなたの……マシュー・ローズ・ソレンセンのご両親とお姉さん方に会いに行くことを？」

「ええ」と僕。「考えておきます」

ラファエルは立ち去り、玄関の南東の隅にある二体のミノタウロスにはさまれた薄暗い空間に消えていった。

腕時計は止まっていたが、夕方の早い時刻だろうと推定した。僕はひとりきりで、空腹でびしょぬれでぐったりしていた。第三北広間へざぶざぶと帰っていく。水はまだ五十センチの深さがあった。高い位置に登り、火を燃やすのに使う干した海藻を調べてみる。残念ながら大波で完全に濡れそぼっていた。火は熾（おこ）せない。なにも料理ができない。

寝袋――やはり湿っている――をとってくると、第一玄関へ持っていく。大階段の濡れていない高い段に横になった。

眠りに落ちる前、最後に浮かんだのはこんな思考だった。〝彼は死んだ。僕のたったひとりの友。たったひとりの敵〟

## ドクター・キッタリーを慰撫する

### アホウドリが南西広間群を訪れた年、第九の月二十八日目の記載

ドクター・キッタリーの遺体は、第八玄関の階段のかどで見つかった。壁と像にさんざんぶつけられて傷だらけだった。着ていた服もずたずたになっている。僕はその体を手すりから外し、まっすぐに横たえて四肢を組み立てた。気の毒な割れた頭を膝に乗せ、やさしくゆすってやった。「眉目秀麗とはいかなくなりましたが」と言い聞かせる。「気にしてはいけませんよ。こんなふうに見た目が悪いのは一時のことにすぎません。悲しまないで、こわがらないでください。僕がどこか、この崩れた肉を魚と鳥がはぎとってくれる場所へ置いてあげます。そうすれば立派な髑髏と立派な骨になります。きちんと形を整えたら、日の光と星の光のもとで眠れますから。像が祝福をこめて見守ってくれますよ。腹を立ててすみませんでした。許してください」

銃は見つからなかった――潮が奥深くへさらっていってしまったに違いない。しかし、その朝、もっとあとでドクター・キッタリーのボートを見つけた、いまではくるぶしまでしか水のない第一西広間で、まだ波にゆられていた。少しも壊れていなかった。

「あの人を助けてくれればよかったのに」僕は話しかけた。

反応があったという気はまるでしなかった。ボートはうとうととまどろんで、半分しか生きて

いないように見える。荒れ狂う水に命を吹き込まれていない状態では、もはや波の上で踊りまわり、ドクター・キッタリーをからかったあとで見捨てた悪魔ではなかった。

僕はずっと、ラファエルが言っていたことを考えていた。もしかしたら、その人たちにメッセージを送り、マシュー・ローズ・ソレンセンはいま僕の内側に生きていて、意識はないが安全そのものだと説明するべきかもしれない。僕は力も才覚もある人間で、ほかのどの死者のときともまったく同じように、せいいっぱい彼の世話をするから、と。

この考えをどう思うか、ラファエルに訊いてみよう。

## 第一玄関に影が落ちるころ、ラファエルは戻ってきた

アホウドリが南西広間群を訪れた年、第九の月二十八日目の記載2

第一玄関に影が落ちるころ、ラファエルは戻ってきた。僕らは前のように大階段の段に座った。ラファエルはもうひとりが持っていたようなぴかぴかした小型の装置を携えていた。それを軽く叩くと、黄白色の光の筋が出てきて、像や僕らの顔を照らした。

僕はマシュー・ローズ・ソレンセンのお母さんとお父さん、ふたりのお姉さんと友人たちに手紙を書こうという計画を話したが、どういうわけかラファエルはいい考えだと思わなかった。

「あなたをどう呼べばいいでしょう?」彼女はたずねた。

「僕を呼ぶ?」と問い返した。

「名前として。マシュー・ローズ・ソレンセンではないのなら、あなたのことをどう呼べばいいでしょう?」

「ああ、なるほど。そうですね、僕のことはピラ……」言葉を止める。「ドクター・キッタリーは、僕をピラネージと呼んでいました」と言った。「迷宮に関係のある名前だと言っていましたが、からかうつもりだったのではないかと思います」

「たぶんね」ラファエルは同意した。「そういう人でしたから」少し沈黙があって、それから続ける。「どうやってあなたを見つけたか、知りたいですか?」

「とても」と僕。

「女性がいたんです。きっと憶えていないと思いますが。アンガラド・スコットという名前です。ローレンス・アーン゠セイルズについての本を書いた人でした。六年前、あなたはその人に連絡をとりました。自分もアーン゠セイルズの本を書こうと思っていると伝えて、ふたりで長いこと話したんです。そのあと二度と連絡がなかったそうです。今年の五月、ミセス・スコットは例の本がどうなったか――まだ書いているのかどうか知りたくて、あなたが以前勤めていたロンドンの大学に電話しました。大学側はあなたが行方不明だと伝えました。はじめて彼女と話したとき以降、ほぼずっと行方がわからないままだと。それを聞いて、ミセス・スコットはとても心配になったんです。アーン゠セイルズの周囲で姿を消した人たちについて知っていましたから。あなたは四人目でした――ジミー・リッターを入れれば五人目です。そこで、ミセス・スコットはわたしたちに通報しました。こちらが――警察のことです――あなたとアーン＝セイルズになにか関係があったと知ったのは、それがはじめてでした。アーン＝セイルズの関係者の中で残っている人々――バナーマン、ヒューズ、キッタリー、そしてアーン＝セイルズ自身――と話してみると、なにか起こっているのはあきらかでした。ターリ・ヒューズは泣きながらごめんなさいと言い続けました。アーン＝セイルズは注目されてわくわくしていましたし、キッタリーの口から出たのは嘘ばかりでした」間をおく。「わたしが言っている中で、どれかわかることがありますか？」

「少し」僕は言った。「マシュー・ローズ・ソレンセンがその人たちみんなのことを書いていました。全員が預言……ローレンス・アーン＝セイルズとつながりがあるのは知っています。僕がどこにいるかあの人に聞いたのですか？　あなたに話すと言っていましたが」

「誰です？」

「ローレンス・アーン＝セイルズです」

ラファエルはちょっと時間をかけてこれを処理した。「あの人と話したんですか？」信じられないという調子でたずねる。

「ええ」

「ここにきたんですか？」

「ええ」

「いつ？」

「二か月ぐらい前です」

「それなのに、あの人はあなたを助けようと言い出さなかった？　ここから連れ出してあげようと言わなかったんですか？」

「ええ。でも公平を期すなら、たとえそう言われても僕は行きたがらなかったと思います。いまでも行きたいのかどうかわかりません」

白っぽい梟（ふくろう）が第一東広間から第一玄関にさっと飛び込んできた。南側の壁の高い位置にある像に止まり、そこで薄暗がりに白くきらめく。大理石で作られた梟は見たことがあった。多くの像が梟を取り入れている。だが、いままで生きた姿を見たことがなかった。梟が現れたのは、間違いなくラファエルがきたことやドクター・キッタリーの死去とつながりがあると感じる。あたかも死の原理が生の原理と交代したかのようだ。ものごとが加速している、と僕は考えた。

ラファエルは梟に気づいていなかった。「あなたの言う通りです。アーン＝セイルズは、本当のことをそのまま伝えてきました。あなたが迷宮にいると言ったんです。でも、当然……そう、わたしたちはあの人がからかおうとしているだけだと思いました。それは事実でした。こちらをからかおうとしていたんです。同僚たちはしばらくがまんしていましたが、最終的に見切りをつけました。わたしは違う意見でした。考えたんです。あの人は話すのが好きだから、話させておけばいい。そのうちなにか役に立つことを言うだろう、と」

彼女はぴかぴかした小型の装置を軽く叩いた。装置はローレンス・アーン＝セイルズのゆったりした横柄な声で話した。「あんたは異世界についてのわしの話がすべて無関係だと思っとる。だが違うぞ。まぎれもなくそれが鍵だ。マシュー・ローズ・ソレンセンは別の世界に入ろうと試みた。そうでなければ、あんたがたが言うように『姿を消し』たりしなかっただろう」

ラファエルの声が答えた。「その試みでなにかあって、彼は姿を消したんですか？」

「そうだ」ふたたびローレンス・アーン＝セイルズ。

「その……その儀式のあいだになにか起きたんですね、それがなんだとしても。どうしてです？　そういう儀式はどこで行われるんですか？」

「われわれが崖っぷちで儀式を行い、彼が落ちただけだと言いたいのかな？　いや、そんなことではない。第一、必ずしも儀式である必要はないのだ。わし自身は一度も使ったことがない」

「でも、どうして彼がそんなことをするんです？」ラファエルはたずねた。「儀式だろうとなんだろうと、なぜ行ったんでしょう？　彼の書いたものの中に、あなたの説を信じていたと思わせるような内容はありませんでした。むしろまったく逆でしたよ」

「ふん、信じる、か」アーン＝セイルズは皮肉たっぷりにその単語を強調した。「なぜいつでもみな、信じるかどうかの問題だと考えるのだろうな？　そうではない。みななんでも好きなものを『信じ』ればいい。実際、わしにとってはどうでもいいことだ」

「そうですね、でも信じていなかったのなら、そもそもどうして試してみたんでしょう？」

「なぜなら、あの男がいくらかましな脳みそを持っとって、わしの頭脳が二十世紀の偉大な知性のひとつであると――ことによると最高の知性かもしれんと認めたからだ。そのうえでわしのことを理解したいと考えた。そこで別の世界に渡ることを試みたのさ。異世界が存在すると思ったからではなく、試みそのものがわしの思考への洞察をもたらすと考えたからだ。わし自身へのな。そしていまや、あんたが同じ行動をとることになるな」

「わたしが？」ラファエルはぎょっとした声を出した。

「そうだ。しかも、ローズ・ソレンセンとまったく同じ理由でそうするだろうて。あの男はわしの思考を理解したいと思った。あんたはあの男の思考を理解したがっとる。いまから説明する通りに自分の認識を調節してみるがいい。これから教える行動を実践してみることだ、そうすればわかる」

「なにがわかるんです、ローレンス？」

「マシュー・ローズ・ソレンセンになにがあったかわかる」

「そんなに簡単に？」

「ああ、そうとも。そんなに簡単にな」

ラファエルは装置を叩いた。声は黙った。

「悪くはないと思ったんです」彼女は言った。「あなたがいなくなった時点でなにを考えていたか理解しようとすることは。アーン＝セイルズはなにをしたらいいか、どうやって理性以前の考え方に戻るか説明しました。やりとげたらまわりじゅうに道が視えるだろうと言って、どの道を選べばいいか教えてくれました。わたしは比喩（ひゆ）としての道筋のことだと思っていたんです。そうではなかったと判明したときは、ちょっと衝撃でした」

「ええ」僕は言った。「マシュー・ローズ・ソレンセンは、はじめてきたとき衝撃を受けていました。衝撃を受けて、おびえていた。それから彼は眠りに落ちて、僕が生まれたのです。あとになって、僕の日記にいろいろ記載を見つけて、こわくなりました。書いたとき錯乱していたに違いないと思って。でもいまでは、あれを書いたのはマシュー・ローズ・ソレンセンで、違う世界を描写していたのだとわかっています」

「そうですね」

「そして、そのもうひとつの世界には違うものがあります。『マンチェスター』とか『警察署』のような言葉は、ここではなんの意味もありません。そういうものは存在しないからです。『川』や『山』という言葉には意味がありますが、像の中で表現されているからにすぎません。たぶん古いほうの世界にはそういうものが存在していたのでしょうね。この世界では古いほうの世界に存在していたものを像が表現しているのです」

「そう」とラファエル。「ここでは表現としての川や山しか見られないけれど、わたしたちの世界では——もうひとつの世界では——現実の川や現実の山を見ることができるんです」

この発言に僕は苛立った。「どうして、この世界では表現としてしか見ることができない、と言うのかわかりませんね」と、少々棘のある言い方をする。「『しか』という言葉は、劣っている関係だとほのめかしています。あなたの言い方だと、像が実物よりなんらかの形で劣っているように聞こえますよ。僕はまったくそんなふうに思いません。像は実物よりすぐれていると主張します。像は完璧であり不変であって、朽ちることがないのですから」

「すみません」ラファエルは言った。「あなたの世界を軽んじるつもりはなかったんです」

沈黙が流れた。

「もうひとつの世界はどんなところですか?」僕はたずねた。

ラファエルは、この質問にどう答えたらいいかわからないというふうに見えた。「もっと人がいます」ようやくそう言った。

「ずっとたくさん?」僕は確認した。

「はい」

「七十人も?」僕はわざと大きな、ややありそうもない数字を選んで問いかけた。

「そうですね」彼女は言った。それからにっこりした。

「どうして笑うんです?」僕はたずねた。

「あなたがそういうふうに眉をあげてみせたからですよ。その疑っているような、ちょっと傲慢そうな目つき。そうしていると、誰に似ているかわかります?」

「いいえ。誰です?」

「マシュー・ローズ・ソレンセンに似ているんです。わたしが見た何枚かの写真の彼に」

「なぜ七十人より人がいると知っているのです?」僕は質問した。「自分で数えたのですか?」

「いいえ、でもそのはずです」とラファエル。「もうひとつの世界は必ずしも楽しい世界ではありません。悲しいことがたくさんあります」言葉を切る。「悲しいことがたくさん」と繰り返した。「ここととは違います」彼女は溜め息をついた。「あなたにわかってもらいたいことがあります。

わたしと一緒に戻るのも戻らないのも、あなた次第です。キッタリーはあなたをだましました。嘘と偽りでここにとどめておいたんです。わたしはあなたをだましたくない。自分でそうしたいと思ったときだけくるべきです」
「それで、もしここに残るなら、あなたは戻ってきて僕を訪ねてくれますか?」僕は言った。
「もちろん」彼女は答えた。

## ほかの人々

### アホウドリが南西広間群を訪れた年、第九の月二十九日目の記載

憶えているかぎり前から、僕は館を誰かに案内したいと思っていた。十六人目が隣にいて、僕がこんなことを言うのを夢想したものだ。

〝さあ、第一北広間に入りますよ。たくさんの美しい像を観察してください。右側には船の模型を持った老人の像が見えます。左側には翼ある馬とその仔馬の像があります〟

ふたりで水没広間群を訪れているところを想像した。

〝さて、床のこの亀裂（きれつ）を通っておりていきます。落下した石材を伝いおりて、下の広間に入ります。僕が足を置くところに足を乗せてください。そうすれば問題なくバランスを保てます。このあたりの広間の特徴となっている巨大な像に、座っても安全な場所がありますよ。あの暗く静か

な水を見てください。ここで睡蓮を集めて死者に贈ってもいいですね……〃

今日、そうした空想がすべて実現した。僕は十六人目と一緒に館の中を歩き、たくさんのものを見せた。

彼女は今朝早く第一玄関にやってきた。

「お願いをひとつ聞いてくれませんか?」と訊かれる。

「もちろん」僕は答えた。「なんなりと」

「迷宮を案内してください」

「喜んで。なにが見たいんですか?」

「わかりません」と彼女。「あなたが見せたいものならなんでも。どんなものでも、いちばん美しいものを」

もちろん、僕が本当に見せたいのはなにもかもだが、それは不可能だ。最初に思ったのは水没広間群だったが、ラファエルは登るのを好まないと思い出したので、珊瑚(さんご)の広間群、つまり第三十八南広間から南と西へのびている長い一連の広間群に決めた。

僕らは南の広間群を通り抜けて歩いていった。ラファエルはくつろいで幸せそうに見えた。(僕も幸せだった)ひとあしごとに、ラファエルは喜びと感嘆をこめてあたりを見まわしていた。

彼女が言った。「本当に驚くようなところですね。完璧な場所。あなたを捜しているあいだに少し見たけれど、しょっちゅう扉のところで立ち止まって、ミノタウロスの部屋に戻る道順を書かなければならなかったので。とても時間がかかっていらいらしてきましたし、それにもちろん、間違ってしまうと困るので、あまり遠くまで行く勇気はなかったんです」

「あなたが間違ったはずがありませんよ」僕はうけあった。「すばらしい道案内でした」

「憶えるのにどのくらいかかりましたか？　迷宮を通り抜ける道を」彼女はたずねた。

僕は口をひらき、ずっと知っていた、あれは僕の一部であり、館と僕は分かつことができないものなのだ、と大声で自慢しようとした。しかし、その言葉を口にしさえしないうちに、本当ではないと気づいた。かつてラファエルとまったく同じようにチョークで出入口にしるしをつけたことも、迷うのを恐れていたことも思い出した。僕は首をふった。「わかりません」と言う。「憶えていないのです」

「写真を撮っても大丈夫ですか？」彼女はあのぴかぴかした装置を持ちあげてみせた。「それとも、そうするとよくない……？　わかりませんが、なんらかの形で失礼にあたるでしょうか？」

「もちろん写真は撮ってもいいですよ」僕は言った。「僕もときどき写真を撮りました、もうひと……ドクター・キッタリーのために」

しかし、その質問をされたことはうれしかった。それは彼女が、館のことを僕と同じように、尊重する価値があるものだとみなしていることを示している。（ドクター・キッタリーはついにこのことを学ばなかった。どういうわけか、それができないようだった）

第十南広間では、第十四南西広間まで寄り道して、ラファエルにアルコーヴの人々を見せた。人間は（前に説明したように）十人いて、サルの骸骨がひとつある。

ラファエルは厳粛な表情で見つめた。一本の骨——男性のひとりの脛骨——にそっと片手を乗せる。なぐさめと安心を伝えるしぐさだった。〝こわがらないで。あなたは安全だから。わたしがここにいる〟

「この人たちが誰なのかわかりませんね」彼女は言った。「かわいそうに」

「これはアルコーヴの人々です」と僕。

「きっとアーン＝セイルズが少なくともひとりは殺したでしょうね。もしかしたら全員かもしれない」

重苦しい言葉だった。その発言をどう感じたものか決める前に、ラファエルはこちらを向くと、真摯な口調で言った。「ごめんなさい。本当に、本当にごめんなさい」

僕は度肝を抜かれ、少々おそろしくさえなった。ラファエルほど親切にしてくれた人は誰もいない。これ以上のことをしてくれた人もいない。彼女が謝らなければならないのは不適切だという気がした。「いえ……いいえ……」とつぶやき、その言葉を受け流そうと両手をあげる。

だが、彼女はきびしく怒りのこもった表情を浮かべて続けた。「あの人は決して、あなたにしたことで罰を受けたりしないでしょう。この人たちにしたことでもね。頭の中で何度も何度も考えてみましたが、できることはなにひとつないんです。起訴できるだけのものがない。文字通り誰も信じたがらない説明を山ほどどするはめになるだけです」深く嘆息する。「ここは完璧な世界だと言いましたね。でも違う。ほかのどんな場所とも変わらず、ここにも犯罪はある」

わびしさと無力感がどっと押し寄せた。アルコーヴの人々はアーン＝セイルズに殺されたわけではない、と僕は言いたかった（もっとも、その主張を裏付ける証拠はなにもないし、おそらく少なくともひとりは殺された可能性が高いのだが）。なるべくラファエルに彼らから離れてほしかった。そうすれば彼女が考えているように――殺されたと――考えずにすみ、いままでと同様に――善良で高潔でおだやかな人々だと思っていられる。

僕らはそのまま歩き続け、たびたび立ち止まっては、とりわけ印象深い像を感心してながめた。ふたりともまた心が軽くなり、珊瑚の広間群に着くと、さまざまな驚異を見て元気を回復した。いまは濡れていないが、珊瑚の広間群は長い期間海水に浸かっていた時期があるようだ。ここでは珊瑚が育ち、意表をつく不思議な形で像を変化させている。たとえば珊瑚の冠を戴き、両手が星か花のように変化している女が目につくかもしれない。珊瑚の角を生やしたり、珊瑚の枝にはりつけにされたり、珊瑚の矢につらぬかれたりしている姿もある。珊瑚の檻に捕えられたライオンや、小箱をかかえた男もいる。男の左側には珊瑚があまりに豊富に育っているので、半身が赤や薔薇色の枠にのみこまれ、半身だけが残っているように見えた。

その日の夕方、僕らは第一玄関に戻った。別れる直前にラファエルは言った。「ここの静けさが大好きです。誰もいなくて！」

「あなたの広間群にいる人たちが好きではないのですか？」僕は当惑してたずねた。

「好きですよ」相手はさして熱意をこめずに答えた。「たいていは好きです。一部の人は。わたしはいつでも人を悩ませているわけではありません。いつも人に悩まされているわけでもないし」

ラファエルがいなくなってから、彼女の言ったことを考えてみた。人と一緒にいたくないというのは想像がつかない。（もっとも、ドクター・キッタリーがときおり気にさわったのはたしかだ）アルコーヴの人々のうち誰が殺されたのだろうとラファエルが気にしていたこと、その問いを口にするというあたりまえの事実によって、世界全体がもっと暗く悲しい場所になったことを思い出した。

ひょっとしたら、ほかの人々といるというのはそういうことなのかもしれない。好意を持っていて非常に高く評価している相手でさえ、できれば避けたいような世界を見せてくることがあるのかもしれない。ラファエルが言っていたのはそういうことだろうか。

## 奇妙な感情

アホウドリが南西広間群を訪れた年、第九の月三十日目の記載

僕はかつて日記に書いた。

世界（あるいは館でもいい、このふたつは実際上同一なのだから）は、みずからの美しさの証人として、また慈悲の対象として、住人を望んでいる、というのが僕の意見だ。

僕が出ていくなら、館には住人がいなくなる。ここがからっぽになると思うのは耐えられない。

だが、ここの広間に残れば、僕はひとりになる、というのは純然たる事実だ。ある意味では、以前も同様にひとりだったのだろう。**もうひとり**が前に訪問していたように僕を訪ねてくれる、とラファエルは約束した。そして、ラファエルは本当に僕の友人だ――一方で、僕に対する**もうひとり**の感情は、ひかえめに言っても矛盾していた。**もうひとり**が立ち去ったときはいつも自分の世界に戻っていたのだが、当時僕はそれを知らなかった。館の別の部分にいるだけだと思っていたのだ。ここにほかの誰かがいると信じることで、いくらか孤独が薄れた。いまラファエルが**もうひとつの世界**に戻ったら、僕はひとりぼっちだと自覚するだろう。

そういうわけで、ラファエルと一緒に行くことにした。

僕は死者全員を所定の位置に戻した。今日はこれまでに幾度となくやってきたように広間群を歩きまわった。いちばん好きな像をすべて訪れ、それぞれを見つめながら考えた。〝もしかしたら、きみの顔を見るのはこれが最後になるかもしれない。さようなら！　さようなら！〟

## 僕は去る

### アホウドリが南西広間群を訪れた年、第十の月初日の記載

今朝はＡＱＵＡＲＩＵＭ（アクアリウム）という文字と蛸（たこ）の絵のついた小さい段ボール箱をとってきた。もとはドクター・キッタリーがくれた靴が入っていた箱だ。十六から隠れるようにと言われたとき、僕

は髪から飾りを外してこの箱に入れた。しかし、いま新たな世界に入るにあたり、なるべく立派な恰好をしたかったので、二、三時間費やして、僕が見つけたり作ったりしたきれいなものをそっくりつけなおした。貝殻、珊瑚玉、真珠（しんじゅ）、ちっぽけな丸石やおもしろい魚の骨。

到着したとき、ラファエルはこのすてきな外見にかなり度肝を抜かれたようだった。

僕は日記全部と気に入ったペンを数本入れたメッセンジャーバッグを持ち、ふたりで南東の隅にある二体のミノタウロスに向かって歩いていった。ミノタウロスのあいだの影がちらちらとかすかにゆれた。その影は薄暗い壁にはさまれた廊下、もしくは路地の形を示しており、つきあたりには、僕の目には解釈できない光や動く色彩が躍っていた。

最後に一度、僕は永遠の館をふりかえった。みぶるいする。ラファエルが僕の手をとった。そして、僕らは一緒に回廊へ入っていった。

# 第七部　マシュー・ローズ・ソレンセン

## ヴァレンタイン・キッタリーは姿を消した

二〇一八年十一月二十六日の記載

心理学者にして人類学者のヴァレンタイン・キッタリーは姿を消した。警察が捜査すると、失踪する前に妙な買い物をしたことが判明した。銃、空気注入式カヤック、ライフジャケット――友人全員の一致した意見で、まるっきり彼らしくない買い物だった。キッタリーはボートに乗ることに興味を示したためしがなかったからだ。

この品々はいずれも、自宅や事務所で見つかったわけではない。

警察の見解では、空気注入式カヤックを使って辺鄙（へんぴ）な場所へ移動してから、銃で自殺したのだろうということになっている。しかし、ある警察官、ジェイミー・アスキルと呼ばれる男性は別の考えを持つ。ドクター・キッタリーの思いがけない突然の失踪は、マシュー・ローズ・ソレンセンの思いがけない突然の再登場とどこかでつながっているに違いない、と彼は信じている。アスキルの説とは、キッタリーのかつての指導教員で個人指導教員だったローレンス・アーン＝セイルズが何年も前にジェームズ・リッターを監禁したのと同じように、キッタリーがローズ・ソレンセンをどこかに監禁したのだというものだ。キッタリーの動機はアーン＝セイルズと同一であり、アーン＝セイルズの「異世界理論」の証拠をでっちあげることだった、とアスキルは考えている。ローズ・ソレンセンとの関係を警察につきとめられたとき、キッタリーは不安になった。みずからの犯罪が発覚することを突きつけられ、ローズ・ソレンセンを解放したのち自殺したのだ。

アスキルの説の強みは、キッタリーが姿を消したのと同時期に――一日二日ずれがあるにしても――マシュー・ローズ・ソレンセンが戻ってきたことに対する説明になっている、という点だ。そうでないとしたら、奇妙な偶然の一致ということになる。この説がひっくり返るのは、アーン＝セイルズもキッタリーも、いまだかつて人々の失踪をどんな証明にも使ったことがないということだ。実際、キッタリーは何年もアーン＝セイルズを声高に非難していた。

アスキルはくじけることなく僕に二回質問してきた。感じのいい温厚な顔立ちの若者で、茶色の髪がくるくると頭に渦巻き、知的な表情をしている。濃紺のスーツとグレーのシャツを身につけ、ヨークシャーなまりでしゃべる。

「ヴァレンタイン・キッタリーを知ってましたか?」彼は問いかける。

「ええ」僕は言う。「二〇二二年十一月に訪問しました」

相手はこの答えに満足したようだ。「あなたが姿を消す直前ですね」と指摘する。

「ええ」と僕。

「じゃあ、どこにいたんですか?」彼はたずねる。「いなくなっていたあいだ?」

「たくさんの部屋のある館にいました。館の中を海が通り抜けているんです。ときどき僕も波をかぶりましたが、いつも助かりました」

アスキルは間をおいて眉を寄せる。「それはでも……あなたはそんな……」と言いかける。ちょっと考え込む。「つまり、あなたは問題をかかえてるんです。神経衰弱みたいな。少なくとも、ぼくはそう聞きました。治療は受けてるんですか?」

「家族が心理療法士と会うよう手配してくれました。そのことに異存はありません。ただし投薬は拒否していますし、いままでのところ誰もしつこく要求はしてきません」

「まあ、それがうまくいくといいですね」と親切に言われる。

「ありがとう」

「ぼくが訊きたいのは」彼は続ける。「ドクター・キッタリーがどこかへ行くようあなたを説得したのか、ということです。あなたの意思に反してどこかに引き留めていたのか。行き来が自由だったのか」

「そうです。僕は自由でした。行ったりきたりしていました。ひとつの場所にとどまってはいませんでしたよ。何百キロも、ひょっとしたら何千キロも歩きました」

「へえ……へえ、そうですか。それで、歩いたとき、ドクター・キッタリーはそばにいなかったと?」

「ええ」

「誰か一緒でしたか?」

「いや、まったくひとりきりでした」

「はあ。まあいいや」ジェイミー・アスキルはわずかに落胆を示す。僕もある意味でがっかりしている。相手を落胆させてしまってがっかりしているのだ。「ともかく」と彼は言う。「あんまり時間をとらせたくないんで。もうラファエル巡査部長とは話したんですよね」

「ええ」

「あの人、すごくないですか？　ラファエルって？」

「そうですね」

「あの人があなたを見つけたからって、ぼくは驚きませんよ。つまり、もし誰かが見つけるとしたら、絶対にあの人に決まってたんです」言葉を切る。「もちろん、あの人はちょっとその……というか、あの人は必ずしも……」どう続けるべきか迷って、空中を手探りする。「まあ、ものすごく一緒に働きやすい人とは言い切れないってことです。それに、タイムマネジメントとか？　絶対に得意分野じゃないですね。でも本当に、ぼくらはみんなあの人をとても尊敬してるんです」

「ラファエルのことを尊敬するのは正しいですよ」僕は伝える。「彼女はたぐいまれな人です」

「その通りですよ。誰かからピニー・ウィーラーの話を聞いたことがあります？」

「いいえ」と僕。「ピニー・ウィーラーというのは誰、それともなんですか？」

「ミッドランド地方のどこかの都市にいる男です――ラファエルが仕事を始めた場所なんですよ。すぐ逆上するタイプの、問題の多いやつで、最終的にさんざん警察の世話になるような人間でした」

「それはよくありませんね」

「そうなんです。一度、なにかでぶち切れて大聖堂の塔の内側に上ったことがあって。回廊みたいなところにあがりこんで、大聖堂の中にいた人に悪口をわめきたててたんです。そいつはどこへでも汚れた古い新聞の束を持っていってたんですが、それに火をつけて、下の人たちに投げつけはじめて」

「おそろしいですね」

「その通りです。ぞっとしますよね。僕ら――つまり警察――が現場に到着したときには夜でした――まわりじゅうぼんやり暗くて、炎をあげる新聞紙があちこちに飛んでて、みんな消火器や砂の入ったバケツを持って右往左往してて。ラファエルと別の男がピニー・ウィーラーを確保しようとしたんですが、ふたりが階段にいたとき――そこは本当にせまくてぎゅうぎゅうで――ピニーが燃えている新聞紙を追加で下へ投げて、一部がもうひとりの男の顔にかぶさったんです。それで撤退するはめになって」

「しかし、ラファエルは撤退しなかった」僕は強い確信をこめて言う。

「そう、しなかったんです。厳密に言えば戻るべきだったかもしれませんが、そうしなかった。回廊に出てきたときには髪が燃えてました。でも、ほら、ラファエルですからね。気づいてもいなかったんじゃないかな。下の人たちが火を消せって叫ばなきゃならなかったんですよ。あの人はピニー・ウィーラーと話し合って、火のついた新聞紙を手当たり次第にほうりなげるのをやめさせたうえ、下に連れてきたんです。ずいぶん勇敢だと思いませんか？」

「あなたが思うより勇敢ですよ。彼女は高いところが好きではないので」

「そうなんですか?」

「苦手なようです」

「それでもあの人は絶対にあきらめないな」と彼。

「ええ」

「あなたのときにそんなことをする必要がなくて、本当によかった。いや、火の中を通り抜けるとか、そういうことをしないですんだってことですよ。ただ海辺に行っただけで。とにかくぼくはそう聞いてます――あなたを見つけたのは海辺だったって」

「ええ。僕は海のそばにいました」

「失踪した人が海辺の場所で見つかることは多いですね」彼は考えをめぐらす。「たぶん海のせいなんだろうな。気持ちをやわらげる効果があるんですよ」

「たしかに僕にはその効果がありましたね」と僕。

彼は陽気な笑顔を向けてくる。「よかった」

## マシュー・ローズ・ソレンセンは戻ってきた

二〇一八年十一月二十七日の記載

マシュー・ローズ・ソレンセンの母親と父親と姉たちと友人はみな、どこにいたのかと僕にたずねてくる。

僕はジェイミー・アスキルに話したことを伝える。たくさんの部屋のある館にいて、海がその館の中を通り抜けており、ときおり僕も波をかぶったが、いつも助かったと。

この話について、マシュー・ローズ・ソレンセンの母親と父親と姉たちと友人は、神経衰弱を心の内側から見た表現だとお互いのあいだで言っている。その説明なら合理的だし、もしかしたら安心できるとさえ感じるのかもしれない。マシュー・ローズ・ソレンセンは自分たちのもとに帰ってきた――そう彼らは信じている。彼の顔と声としぐさを持つ男がこの世界を動きまわっている、それで充分なのだ。

僕はもはやピラネージのように見えない。髪には珊瑚玉(さんご)も魚の骨もついていない。僕の髪は清潔にカットされ、セットされている。ひげもきれいに剃(そ)っている。着ているのはマシュー・ローズ・ソレンセンの姉たちが保管していた倉庫から持ってきた服だ。ローズ・ソレンセンは山ほど服を持っており、どれも念入りに手入れをされていた。スーツは一ダース以上あった（所得が多くはないことを考えると意外だ）。服が好きなところはピラネージと共通している。ピラネージは日記でよくドクター・キッタリーの服装について書き、自分のぼろぼろの衣類との違いを嘆いていた。たぶん、僕がどちらとも――マシュー・ローズ・ソレンセンともピラネージとも――違うのはこの点だろう。どうやら服装にはたいして頓着していないらしい。

ほかにもいろいろなものが保管庫から届けられた。いちばん重要なのはマシュー・ローズ・ソレンセンのなくなった日記だ。期間は二〇〇〇年の六月（大学生のとき）から二〇一一年の十二月にわたる。残りの所有物については、ほとんど処分するところだ。ピラネージはそれほど多くの持ち物があることに耐えられない。〝これは必要ない！〟とたえず繰り返している。

ピラネージは常に僕と一緒にいるが、ローズ・ソレンセンは気配と影しかない。彼が残したもの、ほかの人々が彼について言っていること、それにもちろん日記をつなぎあわせ、全貌をあきらかにしている。日記がなければ途方に暮れていただろう。

この世界がどう動いているか、僕は思い出した――だいたいのところは。マンチェスターがなにか、警察とはなにか、スマートフォンの使い方も思い出した。品物の代金を支払うこともできる――いまだにその過程に不慣れで、人工的だと感じるとしても。ピラネージは金を毛嫌いしている。ピラネージはこう言いたがる。〝でも、あなたが持っているものが僕には必要なんですから、そのままくれればいいのでは？　そうしたら、あなたに必要なものを僕が持っているとき、ぽんとあげますよ。そのほうが簡単だし、ずっといいシステムです！〟

だが、ピラネージではない僕――少なくとも、彼だけではない僕――は、そういうやり方があまりいい反応を得られないであろうことに気づいている。

僕はローレンス・アーン＝セイルズについての本を書くことにした。マシュー・ローズ・ソレンセンがやりたがっていたことで、僕がやりたいことでもある。結局のところ、アーン＝セイルズの研究を僕以上によく知っている者がいるだろうか？

ラファエルはローレンス・アーン＝セイルズに教わったことをやってみせてくれた。迷宮への道の見つけ方と、どうやってまた出口を見つけるかを。僕は望むままに行き来できる。先週は電車でマンチェスターへ行った。マイルズ・プラッティング行きのバスに乗った。わびしい秋の景色のなか、高層のアパートまで歩いていった。ドアをあけたのはやせてやつれきった外見の男で、煙草のにおいがぷんぷんしていた。

「きみがジェームズ・リッター？」僕はたずねた。

相手はそうだと認めた。

「きみを連れて帰るためにきた」僕は言った。

ふたりであの影の回廊を通り抜け、第一玄関の気高いミノタウロスたちが僕らのまわりにそびえたったとき、彼は恐怖ではなく幸福のあまり泣き出した。すぐさま階段へ向かい、巨大な大理石の湾曲部の下へ腰をおろした。以前彼が眠っていた場所だ。そして目を閉じて潮の音に耳をかたむけていた。立ち去るときになると、残らせてくれと懇願してきたが、僕は断った。

「きみは自力で食べていく方法を知らない」と告げる。「やり方を憶えなかっただろう。僕が食べさせてやらなければここで死んでしまう——そんな責任は負えない。でも、望むならいつでもまた連れてきてあげよう。そして、もし僕がずっとここにいることに決めたら、一緒に連れてくると約束する」

## 魔術師にして科学者、ヴァレンタイン・キッタリーの遺骸

### 二〇一八年十一月二十八日の記載

魔術師にして科学者、ヴァレンタイン・キッタリーの遺骸は潮に洗われている。僕は第八玄関から行ける下層広間のひとつにその体を置き、なかばもたれかかった姿勢の男の像に縛りつけた。像は目を閉じている。眠っているのかもしれない。大蛇や毒蛇がうねうねと四肢にからみついている。

遺骸はビニール製の網の袋におさめてある。網目は魚が口を、鳥が嘴を突っ込める程度に大きく、小さい骨がひとつもなくならない程度に細かい。

六か月後には骨がきれいに白くなるだろうと見積もっている。すべて集めて、第三北西広間にある空いた壁龕に持っていくつもりだ。ヴァレンタイン・キッタリーをビスケット缶の男の隣に配置しよう。中央には長い骨を紐で束ねて置く。右側に頭蓋骨を、左側には小さい骨をまとめて入れた箱を並べる。

ドクター・ヴァレンタイン・キッタリーは仲間とともに横たわるだろう。スタンリー・オヴェンデン、マウリツィオ・ジュッサーニ、そしてシルヴィア・ダゴスティーノと。

## ふたたび像

### 二〇一八年十一月二十九日の記載

ピラネージは像に囲まれて暮らしていた。なぐさめと啓蒙をもたらす無言の存在に。

この新しい（古い）世界では、像というものは意味がないだろうと思っていた。僕に力を貸し続けてくれるとは思いもしなかった。だが、それは間違っていた。理解の及ばない人物や状況に直面したとき、いまでもとっさの反応は、僕を導いてくれる像を探すことだ。

ドクター・キッタリーを思うと、ある光景が心に浮かんでくる。第十九北西広間に立っている像の記憶だ。それは台座の上で膝をついている男の像だった。かたわらに置いてあるのは五つに刃の割れた剣だ。周囲には別の破片、球の残骸が転がっている。男は球を理解したくて剣で打ち砕いたものの、気づいてみれば球も剣も壊してしまっていた。彼は当惑しているが、同時に心のどこかで、球が壊れて価値を失ったと認めることを拒否してもいる。破片をいくつか拾った男は、いつか新たな知識をもたらしてくれるのではないか、と熱心に見つめている。

ローレンス・アーン゠セイルズを思うと、ある光景が心に浮かんでくる。上の玄関に立ち、階段（第三十二玄関から上っていく階段）の頂上に顔を向けている像の光景だ。この像は玉座についた異端の教皇をかたどっている。太ってふくれあがった人物だ。ぶざまな巨体が玉座にだらりともたれている。玉座は壮麗だが、あまりに肥大した体のせいで、いまにもふたつに割れそうだ。彼は自分がおぞましいことを知っているが、そう思って喜んでいることが顔つきでわかる。なんらかの形で衝撃を与えているという考えを大いに楽しんでいるのだ。笑いと勝利のまじりあった表情を浮かべている。〝わしを見ろ〟と言っているようだ。〝わしを見ろ！〟

ラファエルのことを思うと、ある光景——いや、ふたつの光景が心に浮かんでくる。

ピラネージの心の中でラファエルを表すのは、第四十四西広間の像だ。戦車に乗った女王、みずからの民を護る者。彼女は善意そのもの、慈愛そのもの、叡智そのもの、母性そのものだ。ピラネージから見たラファエルはそういう存在で、それは彼がラファエルに救われたからだ。

だが、僕は違う像を選ぶ。僕の心でラファエルを表しているのは、第四十五と第六十二北広間にはさまれた控えの間にある像だ。この像はランタンを掲げて前進する姿をかたどっている。この人物の性別をはっきり決めるのは難しい。中性的な外見なのだ。彼女（彼）のランタンの掲げ方や、行く手にあるものを見つめる様子から、厖大な暗闇に取り囲まれているという印象を受ける。なにより僕が感じるのは、彼女がひとりきりだということだ。自分で選んだのかもしれないし、あとに続いて暗闇に踏み込んでいく勇気のある者がほかにいなかったからかもしれない。

この世界の何十億という人間の中で、ラファエルは僕がいちばんよく知り、いちばん大切に思っている人だ。いまではずっとよく理解している——ピラネージには決してできないぐらいに——彼女が僕を捜しにきたことのすばらしさ、その勇気の偉大さを。

彼女がたびたび迷宮に戻っていることは知っている。一緒に行くときもあるし、向こうがひとりで行くときもある。彼女は静けさと孤独に強く惹きつけられ、その中に求めるものを見出したいと願っているのだ。

僕はそれが心配だ。

「姿を消さないでくれ」ときびしく言い渡す。「絶対にいなくならないでくれ」

彼女は困ったような、おもしろがっているような顔をする。「そんなことはしない」と言う。

「ずっとお互いに救出しあうわけにはいかないだろう」と僕は言う。「ばかげている」

相手はほほえむ。少し淋しそうな微笑だ。

だが、彼女はまだあの香水をつけている——僕が彼女に関して知った最初のものを——そして、いまでもそれは陽光と幸福をしのばせる。

## 僕の心にはあらゆる潮がある

二〇一八年十一月三十日の記載

僕の心にはあらゆる潮が、その季節と満ち引きがある。僕の心にはあらゆる広間が、その無限に続く連なりと入り組んだ道筋がある。この世界に耐えきれなくなり、騒音や塵（ちり）や人々にうんざりしたときには、目を閉じて心の中でどこかの玄関を、それから広間を決める。その玄関から広間までの道を歩いているところを思い描く。通過しなければならない数々の扉、右折すべきか左折すべきか、どの像のそばを通る必要があるか、きっちりと気を配る。

ゆうべは第五北広間でゴリラの像と向かい合っている夢を見た。ゴリラは台座からおりて、ゆっくりとナックル歩行しながら近づいてきた。月明かりの中でその姿は灰白色だった。僕は大きな首に両腕を投げかけ、家に帰ってきてどんなに幸せか語りかけた。

目が覚めたとき僕は思った。〝僕は家にいない。ここにいる〟

## 雪が降り出した
二〇一八年十二月一日の記載

今日の午後は、街の中を歩いてラファエルと会う予定のカフェに向かった。いつまでも本当には明るくならなかった日の二時半ごろだった。

雪が降り出した。低くたれこめた雲が鉛色(なまりいろ)の天井となって街を覆っていた。車の騒音を雪がかき消し、やがてほとんどリズムのように聞こえてきた。大理石の壁をいつまでも叩き続ける潮の音のような、一定の抑えた響き。

僕は瞼(まぶた)を閉じた。おだやかな気持ちだった。

公園があった。そこに入って、背の高い古木の並木道をたどっていく。両側には薄暗い草地が広がっている。むきだしになった冬の枝越しに、はらはらと白い雪が舞いおりてきた。離れた道路を走る車のライトが木々のあいだできらめいた。赤、黄、白。とても静かだった。まだ夕暮れではなかったが、街灯がほのかな光を投げかけている。

人々が道を行ったりきたりして散歩していた。老人が脇を通りすぎた。淋しげで疲れた様子だった。頬にとぎれとぎれに血管が浮き出し、ごわごわした白い顎ひげが生えている。老人が降ってくる雪を見あげて目をこらしたとき、知っている相手だと気づいた。第四十八西広間の北側の壁に表現されていたのだ。王として示されており、片手に城郭都市の小さな模型を載せ、もう片方の手を祝福のために掲げていた。僕は老人をつかんで声をかけたかった。〝別の世界では、あなたは高貴で善良な王なんです！　僕は見ました！〟。しかし、一瞬長くためらったせいで、老人は人混みにまぎれてしまった。

子どもをふたり連れた女性が横を通りすぎた。子どものひとりは木製のリコーダーを手に持っていた。あの子たちも知っている。第二十七南広間にその姿がかたどられていた。ふたりの子どもが笑っていて、片方がフルートを持っている像だ。

僕は公園から出た。まわりに街路が現れた。あるホテルには中庭があり、もっと温和な天気のとき人が座るように、金属製のテーブルと椅子が並んでいた。今日はうっすらと雪が散っていてわびしげだ。中庭には針金の格子が張ってあった。針金に提灯（ちょうちん）がぶらさがっている。かすかな風に吹かれて雪の中でゆらぐ、あざやかなオレンジ色の球体。海の灰色をした雲が空を走り、それを背景にオレンジ色の提灯がゆれた。

館の美しさは計り知れず、そのやさしさはかぎりない。

# 訳者あとがき

はてしない海からたえず潮がそそぎこむ広大な館。無数の広間が連なり、古代めいた像が林立するその不思議な場所で、僕は十三人の死者の骨と暮らしている。この世界に生きた人間はたったふたり。僕自身と、週に二度訪れる「もうひとり」と呼んでいる男だけだ。幻の「十六人目」が現れることを夢見る僕だったが、いつしか、館だけで完結していた世界に奇妙なゆらぎが生じはじめる——

英国の作家スザンナ・クラークが二〇二〇年に発表した長篇ファンタジー、*Piranesi* の全訳をお届けする。

この著者の名にぴんときた方は、かなりのファンタジー通ではないだろうか。『ジョナサン・ストレンジとミスター・ノレル』（中村浩美訳／ヴィレッジブックス、全三巻／二〇〇八年）という書名のほうなら聞き覚えがあるかもしれない。二〇〇四年に出版されるや一躍世界的なベストセラーとなった一大長篇で、魔術と史実の入り交じる十九世紀初頭の英国を舞台にした歴史改変ファンタジーである。新人の長篇デビュー作でありながら、世界幻想文学大賞、ヒューゴー賞、ミソピーイク賞、ローカス新人賞など数々の賞をさらい、当然のことながら次作には大きな期待が寄せられた。ところが、その後はほとんど作品が発表されていない。出版されたのは二〇〇六年

の短篇集 *The Ladies of Grace Adieu and Other Stories* ぐらいのものだ。つまり、この作品は短篇を含めてもひさびさの新作であり、長篇としてはなんと十六年ぶりの第二作ということになる。そのあたりの事情も含め、作者について簡単に紹介しておこう。

　スザンナ・クラークは一九五九年英国にメソジスト派の牧師の娘として生まれ、北イングランドやスコットランドを転々とした。そのせいかいつも周囲から少し浮いていて、本やテレビで養われた想像の世界にこもりがちな少女だったという。オックスフォード大学に進み、ジャーナリストをめざして哲学・政治・経済（PPE）を専攻したが、本当に興味があったのは物語と人間で、自分はむしろ歴史を学ぶべきだった、とふりかえっている。卒業後は出版関係の職についたものの、社会生活が小さくなっていると考え、一九九〇年から二年ほどイタリアとスペインで暮らし英語教師として働いた。その結果、本当にしたいのは部屋にこもって書くことだと自覚したというから、やはり生まれついての物書きなのだろう。帰国したのち、ふたたび編集の仕事をしながら十年以上かけて『ジョナサン・ストレンジとミスター・ノレル』を書きあげた。もともと腰をすえて執筆するたちなのだろうが、それ以降著作が途切れたのには理由があり、本人が体調を崩してしまったのである。友人宅で倒れてから、一時はベッドから出られないほどの倦怠感や鬱（うつ）症状が続き、最終的に慢性疲労症候群と診断を受けた。本来はデビュー長篇のあとには続篇を書こうとしていたが、体調不良のため大量の資料を調べたり、長く複雑な物語を組み立てたりすることに限界を感じ、昔からあたためていた別の話に取り組むことにした。それが『ピラネージ』である（なお、この名はローマの古代遺跡を描いた版画で知られる十八世紀イタリアの版画家・建築家、ジョヴアンニ・バッティスタ・ピラネージからきている）。

　物語の原型は、クラークが二十代のときに生まれた。きっかけとなったのはアルゼンチンの作家ホルヘ・ルイス・ボルヘスで、その作品を扱った講義を受けたあと、潮の流れ込む巨大な館にふたりの人物が暮らしており、一方が館を探索し、もう一方にその情報を提供する、というアイディアが浮かんだという。幻想的な短篇で有名なボルヘスは、しばしば〝無限〟や〝迷宮〟といったモチーフを用いており、『ピラネージ』に大きな影響を与えた。作中に出てくるミノタウロスの像は、ギリシャ神話に基づく短篇「アステリオーンの家」から連想されたものだ。

　もうひとつ重要な下地となっているのが、C・S・ルイスの〈ナルニア国ものがたり〉である。感受性の強い時期に出会ったルイスの作品は、ある意味でクラークの頭の中をまとめるような影響を及ぼしたという。本書の冒頭で『魔術師のおい』が引用されているが、ディゴリーとポリーが迷い込んだチャーンの都の光景は、本書の無数の像が立ち並ぶ館と重なり合う。また、慈(いつく)しみに満ちたファウヌスの像は、『ライオンと魔女』のタムナスへのオマージュにほかならない。

　史実や伝承を丹念に調べて織りあげた大作『ジョナサン・ストレンジとミスター・ノレル』と比べて、この作品ははるかに短い。しかし、それがかえって展開の妙を際立たせ、異世界とはなにか、なぜ人は現実とは異なる場所へ行くことを求めるのか、というファンタジーの根源にかかわる問いをまっすぐに投げかけてくる。作者と同じく、子ども時代に「衣装だんす」の奥を探った記憶のある方は、ぜひ手にとってみてほしい。なお、本作はコスタ賞、ヒューゴー賞、ネビュラ賞、世界幻想文学大賞にそろってノミネートされ、英国で女性小説賞を受賞している。

ピラネージ

著　者　スザンナ・クラーク
訳　者　原島文世

2022年4月8日　初版

発行者　渋谷健太郎
発行所　(株)東京創元社
〒162-0814　東京都新宿区新小川町1-5
電話　03-3268-8231（代）
URL　http://www.tsogen.co.jp
装画提供　Bridgeman Images／アフロ
（モンス・デジデリオ「冥界の風景」）
装　幀　柳川貴代
印　刷　フォレスト
製　本　加藤製本

乱丁・落丁本は、ご面倒ですが小社までご送付ください。
送料小社負担にてお取替えいたします。


ISBN978-4-488-01111-6 C0097